الإهداء

أهدي كتابي هذا إلى أمِّي الغالية.

كرم مبارك

لا.. ما ضاع عمري

AUSTIN MACAULEY PUBLISHERS™

LONDON • CAMBRIDGE • NEW YORK • SHARJAH

شكر وتقدير

شُكري وتقديري وعِرفاني لزَوجتي ولأولادي..
الذين دَعَموني وشجَّعوني على نَشر كتاباتي.

قفزتُ من نومي مفزوعةً بسببِ الضَّرباتِ والطَّرقاتِ العنيفةِ الَّتي كادَت أن تخلعَ قلبي من جسدي، إنَّها هي كالعادةِ زوجةُ عمِّي، تلكَ الظَّالمةُ الَّتي لا تخافُ اللهَ، وهذهِ عادتُها معي كلَّما تأخرتُ في إيقاظِها هي وبناتِها صباحًا، فقد كانَت تلك مهمَّتي المشؤومة صباحَ كُلِّ يومٍ.

فتحتُ البابَ وأنا على يقينٍ أنَّني لن أسلَم من الضَّربِ والشتائمِ، وكالعادةِ هوَت بكفِّها الظَّالمِ بقوَّةٍ على وجهي دونَ رحمةٍ، ثمَّ أمسكَت بشعري وأخذَت تشدُّني شدًّا عنيفًا وهي تشتمُني بأقذعِ الألفاظِ وأحطِّ العبارات:

- ما بكِ نائمة إلى الآن أيَّتُها القبيحةُ الفاسدةُ؟ أين الإفطار؟ وأينَ ثيابُ البناتِ؟

ألا تعلمين أنَّ اليومَ يومُ تخرُّجِهِما ويجبُ أن تكونا بعدَ قليل في قاعةِ الحفل بالجامعة؟

أخذَت تشدُّني وهي تشتمُني، حتَّى رمَتني على الأرض، ثمَّ ركلَتني بقدمِها، ولولا أن تدخَّلَ زوجُها الَّذي هو عمّي – شقيق والدي – حيثُ استيقظَ على صوتِ الصّراخ؛ فأخذَها بعيدًا وهو يقومُ بتَهدئتها كالعادة.

- ما عليكِ يا سلطانة، ستقومُ صالحة بالواجبِ الآن، اهدئي، اهدئي!

هذا أقصى ما يستطيعُ عمّي المبجَّل عبيد السَّاكت فعلَه: فهو في هذا البيت مثلُ الخاتمِ أو الخادمِ لدى زوجتِه سلطانة، تلك الكابوس البشري، بل هي الشيطانُ في صورةِ امرأةٍ، لا رحمةَ.. ولا شفقةَ.. ولا قلبَ.. ولسانَ إنسانٍ!

عمّي عبيد ذلك الكائنُ المسكينُ؛ لا شخصيَّة لهُ ولا رأي، بالمعنى العامّي (لا يهشُّ ولا ينشُّ)، فكيفَ سيُدافِع عن ابنةِ أخيهِ من هذه الغول أو الوحش الكاسر المُسمَّاة سلطانة، فقد تضربه هو أحيانًا، وقد تطردُه من المنزِل لعدَّة أيَّام؟! ولا أدري لماذا هو صابر على هذا الهوانِ وهذا الذلِّ؟

قد تكونُ بعضُ المُطالبات الماليَّة أو معرفتُها لبعضِ أسرارِ عمّي التجاريَّة والماليَّة ما يجعلُها تتحكَّم بهِ بهذهِ الطَّريقةِ المُذلَّة، وبهذهِ المهانة..

مضَت خمسُ سنواتٍ على قدومي إلى هذا المنزلِ الكئيبِ بعدَ أن كنتُ مُعزَّزةً مُكرَّمةً في بيتِ والديَّ؛ لقد كنتُ وحيدتَهما وصاحبة الدَّلالِ المطلق، كنتُ في رغدِ العيشِ هناكَ، ومتفوّقةً في دراستي، حتَّى إنّي أحرزتُ في الثانويَّةِ العامَّة نسبةً عاليَّة جدًّا.

ولكن شاءَ اللهُ أن يرحلا معًا من هذهِ الدُّنيا في حادثِ سَيرٍ، لتصبحَ الفتاة صالحة غانم الساكت يتيمة الأبوينِ بينَ ليلةٍ وضُحاها.

كانَت المأساةُ قويَّةً بالنِّسبة لي، انهارَ كياني كلُّه، وتمنيَّتُ لو أنِّي رحلتُ معهما، ولكن هي مقاديرُ اللهِ الَّتي شاءَت أن أدخلَ في مأساةٍ أُخرى حينَ قرَّرَ القاضي أن يكونَ عمِّي هو الوَصيُّ والوَليُّ عليَّ!

إنَّ ما ورثتُهُ مِن والديَّ لم تكن بتلك الثَّروة الكبيرةِ جدًّا، ولكنَّها كانَت تكفيني لأعيشَ مُعزَّزةً مُكرَّمةً طوالَ عمري دونَ أن أحتاجَ إلى أحدٍ، كما أنَّ منزلَنا كان يساوي مَبلغًا مُحترمًا نظرًا لموقعِه، وقد آلَت مِلكيَّته كلُّهُ إليَّ؛ لكونه كانَ مُسجَّلًا باسم والدتي، ولكوني وريثتها الوحيدة، وكذلكَ حقوق والدي ومبالغ خدماتِه في عملهِ الطَّويل، وقد ورثناها مُناصفةً أنا وعمِّي.

لكنَّ صدمتي كانَت كبيرةً في عمِّي حينَ أخبرَني بعدَ سنتَين من وفاةِ والدي أنَّ أموالي كلَّها قد صرفَها عليَّ، وأنَّه مُستعدٌّ

أن يُريني فواتيرَ الصَّرف، بالرَّغمِ أنَّني كنتُ أعيشُ كخادمةٍ في منزلِهم، بل لرُبَّما الخادمةُ تُعامَلُ وتلبسُ وتأكلُ أفضَل منّي!

حينَها أيقنتُ أنَّه لا مفرَّ من العيشِ كخادمةٍ طوال عمري، وخاصَّة أنَّهما كانا يرفضان كُلَّ مَن يتقدَّم لطلبِ يدي؛ فقَد كنتُ فائقةَ الجمالِ، وبيضاءَ البشرةِ، وطويلةَ القامةِ، عكس صبحة وتوءَمِها ملحة، بنتي عمّي، فقَد كانتا قصيرتَين وسمينتين كأُمِّهما؛ لذا كانَت نارُ الحقدِ والحَسد تأكلُ قلبَ زوجةِ عمّي، وكانَت تصدُّ كُلَّ مَن يطلبُ الزَّواجَ منّي، وتعرضُ بناتِها بدلًا عنّي.

ولا أدري لمَ تذكَّرتُ قصَّةَ الفتاةِ الصَّغيرةِ "سندريلا"، وكأنِّي طِبقُ الأصلِ عنها؟! ولكن هل ستكونُ نهايتي سعيدةً كنهاية قصَّتِها؟ وهل سيأتي ذلك الأميرُ الوسيمُ على حصانٍ أبيضَ لينقلَني من جحيمِ منزلِ عمّي إلى نعيمِ قصرِ الأمير؟

وكم أتذكَّرُ بأسى ذاك اليومَ عندَما طلبتُ من عمّي أن ألتحقَ بالجامعةِ مع صبحةَ وملحة، حينَها صاحَت زوجةُ عمّي في وجهي:

- نجومُ السَّماءِ أقربُ إليكِ من الجامعة، أيحقُّ لخادمةٍ غبيَّة مثلكِ أن تدرسَ في الجامعة؟

لحظتَها استجمعْتُ كُلَّ قواي وصرختُ في وجهِها قائلةً:

- أنا لستُ غبيةً أو خادمةً، بل أنا عزيزةٌ كريمةٌ بنتُ كرامٍ، وسأدرسُ غصبًا عنكم، فهذا من حقِّي، ولن تمنعيني عن حقوقي!

تفوَّهتُ بتلك الكلماتِ، ويا ليتني لم أتكلَّم بها؛ فقد هوَت سلطانةُ بكفِّها على وجهي، ثمَّ ضربَتْني بعصًا غليظةٍ على رأسي، فوقعتُ على الأرضِ، ثمَّ قفزَت على صدري تضربُني على جميعِ أجزاء جسدي الضَّعيف، ثمَّ سحبَتْني بمعاونةِ صبحةَ ورمَتْني في غُرفتي وأغلقَتِ البابَ عليَّ لمدَّةِ أسبوعٍ كاملٍ.

كانَت تضعُ لي الطَّعامَ والشَّرابَ كما يُفعَلُ مع الكلابِ، وصبحةُ كانَت شرسةً كأُمِّها، وتتفنَّنُ بإلحاقِ المتاعب والعذابِ لي، وتستمتِع بتعذيبِ أُمِّها لي.

أمَّا ملحة فقد كانَت بلا شخصيَّةٍ كحالِ أبيها؛ لذا كانَت هي أرحمَ عليَّ مِن صبحة، بل كانَت تعطفُ عليَّ أحيانًا، وأحيانًا أخرى تُشاركُهم الحفل من مبدأ "مع الخيلِ يا شقرا".

بالرَّغمِ من أنَّ عمري لم يتجاوزَ الثالثةَ والعشرين سنةً، إلَّا إنَّ القهرَ والعذابَ والظُّلمَ والمصائبَ قوَّتني في هذهِ الحياةِ، وهذه التَّعاسةُ الَّتي أعيشُها جعلَتْني أقرِبُ إلى ربّي أكثرَ فأكثر، وازدادَت علاقتي بالقرآنِ الكريمِ الَّذي لم يكُنْ يُفارقُني: فقد كانَ شفاءً ودواءً لقلبي، وبلسمًا لروحي.

كانَت دموعي تنهمرُ كلّما تذكّرتُ والديَّ ومكانتي الراقية لديهما، فألجأُ إلى القرآنِ لأجدَ فيهِ السَّلوى والمأوى والصَّدرَ الحنون.

لقد بكيتُ كثيرًا لدى عمّي حتّى وافقَ أخيرًا أن أدخلَ الجامعةَ بعدَ أن أخذَ يستعطفَ ويترجّى زوجتَهُ، فكانَ شرطُها أن أدخلَ الجامعةَ بعدَ أن تتخرَّج منها صبحة وملحة؛ أي بعدَ أربعِ أو خمسِ سنوات، كانَت تأنفُ أن أذهبَ معهُما، فكيفَ لخادمةٍ أن تدرسَ بجانبِ أميرتَين؟! والحقيقة أنَّها كانَت تخشى أن أتفوَّقَ عليهما في الدِّراسة..

لا أدري ماذا كانَ يدورُ في رأسِها، ولكنّي وافقتُ على ذلكَ الشَّرطِ على مضضٍ؛ فهو أفضلُ مِن لا شيء، ورُبَّ ضارَّةٍ نافعة، ففي هذه السنواتِ الخمسِ العجافِ حفظتُ القرآنَ الكريمَ كاملًا في غرفتي وفي المطبخِ من المصحف، أو من أصواتِ المشايخِ القرّاء عن طريقِ "الكاسيت".

رغمَ مُعاناتي الشَّديدةِ إلّا إنّي كنتُ أعدُّ الأيّامَ واللَّيالي كي أصلَ إلى هذا اليوم، يوم تخرُّج صبحة وملحة؛ لأنَّه بدايةُ حياةٍ جديدةٍ بالنِّسبةِ لي، إن وفى عمّي وزوجتُه بوعدِهما.

لقَد كان عمّي مُتحرّرًا في عُرفِ النَّاسِ ومُثقَّفًا؛ فهو مَع التَّعليمِ الجامعي للفتاةِ، في حين إنَّنا في زمنٍ يُعارضُ الآباءُ

ذهابَ الفتياتِ للمدرسةِ، فكيفَ بالتَّعليمِ الجامعي، ناهيكَ عن العَملِ، ولو لم يكُنْ مُختلطًا!

لم أكُنْ لأتأخَّرَ عن الاستيقاظِ هذا الصباحَ إلَّا بسببِ الإرهاقِ الشَّديدِ؛ حيثُ كنْتُ طوالَ اللَّيلِ في خدمةِ الأميرتين القبيحتين، أُجهِّزُ لهُما ما يحتاجانه لهذهِ الحفل، ومع ذلك لم ترحمْني زوجةُ عمّي، وقامَت بواجبِ الشُّكرِ، بل أكثر!

هذا لا يهمّ، بل الَّذي يهمُّني الآن: هل ستفي زوجةُ عمّي بوعدِها وتوافقُ على التحاقي بالجامعةِ للسَّنةِ الدراسيَّةِ القادمة؟ أتمنَّى ألَّا تكونَ قد استهوَتْها فكرةُ كوني خادمةً لهم لا يُستغنى عنها وعن خدماتها.

صدقَت توقُّعاتي، فكيفَ لمثل زوجةِ عمّي الَّتي خلا قلبُها من الرَّحمةِ أن تفي بوعدٍ قطعَتْهُ على نفسِها قبلَ خمسِ سنواتٍ؟! بل تنصَّلت وادَّعَت أنَّها لا تعلمُ عن هذا الوعدِ أبدًا، فلجأتُ إلى عمّي الَّذي نظرَ إلى الأرضِ استسلامًا وخضوعًا لما تقولهُ زوجتُه، فصرخْتُ مُستنجدةً بصبحةً وملحة لعلَّ قلبيهما يرأفُ لحالي:

- ألَم تعِدْني أُمُّكما بذلكَ في حضورِكُما؟!

قالَتْ صبحةُ بتهكُّمٍ واستهزاء:

- لا، لم تعدْكِ بشيء، ثمَّ إنَّ الدِّراسةَ الجامعيَّة صعبةٌ، فكيفَ لِمثلكِ أن تطيقها؟!

ردَدْتُ عليها فورًا بسخريةٍ أقوى من سخريَّتِها:

- بما أنَّكِ أنتِ اجتزْتِها فهي بإذنِ اللهِ سهلةٌ وميَّسرة!

تطايرَ الشَّررُ من عيني صبحة، وصرخَت في وجهي:

- ماذا تقصدين يا وقحة؟! حسّني ألفاظَكِ وانظُري إلى مَن تتحدَّثين!

- أنا أُدرِكُ مع مَن أتحدَّثُ.. معَ الأميرةِ الَّتي لا مثيلَ لها! هلَّا نظرتِ أيَّتُها الأميرةُ إلى نسبتي في الثانويَّةِ ونسبتكِ أنتِ الَّتي لم تتجاوزِ السبعين؟

هنا احمرَّ وجهُها وأصابَها غيظٌ شديدٌ، ثمَّ صاحَت:

- أنتِ وقحةٌ، وغير مؤدَّبة، وترفعين صوتَكِ على أسيادِكِ أيَّتُها الحاقدةُ، وسترين ما سأفعلُه بكِ!

- بل أنتم مَن أكلَ مالي، وجعلتموني أخدمُكم مُقابلَ أكلي وشرابي، ألا تستحون؟! ألا تخافون اللهَ؟! ألا تخشون يومَ العرض عليه؟!

ثمَّ واجهتُ عمّي بصوتٍ عالٍ:

- إلى متى يا عمّاه، إلى متى ستظلُّ شبهَ رجلٍ لا تملكُ قرارَكَ؟ ولا تملكُ حتَّى أن تقولَ لا في وجهِ زوجتِكَ الَّتي تسومني الويلَ والعذاب؟! إلى متى ستتركُ زوجتَكَ تسيطرُ عليكَ وعلى شخصيَّتكَ؟! إلى متى وعودُكَ لا قيمةَ لها ولا اعتبارَ؟!

لا أعلمُ كيفَ استدعيتُ شجاعتي في هذا اليومِ بعدَ استسلامي سنينًا للواقعِ الَّذي أعيشهُ؟! ولكن ها هي تبعاتُ هذا الحماسِ وهذه الشجاعة: الضَّربُ والشَّتمُ والسِّجنُ في غرفتي كالعادة.. بل أمعَنت زوجةُ عمّي في إذلالي، فقطعَت عن غرفتي الكهرباءَ، وجعلَتْني أعيشُ في الظَّلامِ والحرِّ الشَّديدَين تلك اللَّيلة.

لم أستسلمْ؛ فلم يكنْ لديَّ ما سأخسرهُ، فكُلُّ ما أملكه عبارةٌ عن جسدٍ مُتهالِكٍ وقلبٍ خاوٍ من السَّعادةِ والفَرح وعيونٍ زائغةٍ من التَّعبِ والسَّهرِ والعمل.

فعلًا ماذا سأخسر؟!

حياتي! وهل أنا في الحقيقةِ حيَّةٌ؟!

كياني! وهل بقي لي كيانٌ؟!

مستقبلي! وأيُّ مستقبلٍ لخادمة؟!

كانتِ الغرفةُ حالكةَ الظَّلامِ ورطبةً وحارّةً جدًّا، أخذتُ أتصبَّبُ عرقًا، فتحتُ النَّافذةَ؛ فإذا هواءُ الخارجِ أسخنُ من الدَّاخلِ، فأغلقتُ النَّافذةَ واستسلمْتُ إلى مصيري، وبحثتُ عن سجَّادتي؛ فما لي غيرُ اللهِ ألجأُ إليهِ، فإليهِ مصيري، وهو وليّي وحسبي ووكيلي، سجدْتُ ودعوتُ:

"يا ربَّ السَّماواتِ والأرضِ، يا ربَّ العالمين، يا ذا الجلالِ والإكرامِ، يا ذا الطولِ والإنعام، يا حنَّانُ، يا منَّانُ، يا مُغيثَ المستغيثين، ويا راحمَ المخلوقين.. يا مَن خضعَتْ لهُ الرِّقابُ، ورغمَت لهُ الأنوفُ، وفاضَت لهُ العيونُ، وذلَّت لهُ القلوبُ.. لكَ الحمدُ من ضعيفٍ يطلبُ نصرتَكَ.. لكَ الحمدُ مِن فقيرٍ يطلبُ غناكَ.. لكَ الحمدُ من ذليلٍ يطلبُ عزَّكَ..

اللهمَّ أنتَ أحقُّ من عُبدَ، وأحقُّ مَن ذُكرَ، وأرأفُ مَن مَلَكَ، وأجودُ مَن سُئِلَ، وأوسعُ مَن أعطى.. أنتَ الملكُ لا شريكَ لكَ، والفردُ لا ندَّ لكَ.. لن تُطاعَ إلَّا بإذنكَ، ولن تُعصَى إلَّا بعلمِكَ..

اللهمَّ فارجَ الهَمِّ كاشفَ الغمِّ، مُجيبَ دعوةِ المضطرّين، رحمنَ الدّنيا والآخرة ورحيمهُما، ارحم أمتكَ "صالحة" رحمَةً تُغنيها بها عن رحمةٍ مَن سِواكَ.

اللَّهم، إنِّي أعوذُ بكَ من جَهدِ البلاءِ، ودركِ الشَّقاء، وسوءِ القضاءِ، وشماتةِ الأعداء.

ربِّي أعوذُ بكَ أن أستنصِرَ بغيرِكَ، أو أن أستجيرَ بِسِواكَ، أو أن أستعينَ بمَن هو دونكَ، أو أن أسترشدَ بغيرِ منارِ هَديكَ، أو أن أستضيءَ بغيرِ ضحى تنزيلكَ.

اللهمَّ إنّي هجمَ عليَّ اليأسُ، وتملَّكني القنوطُ، وصرخْتُ في ظلمتي ووحشتي جَزِعًا؛ فلم يسمعْني إلَّا أنتَ، ولم يُجبْ دُعائي وندائي إلَّا أنتَ، يا راحمَ العبراتِ، يا مقيلَ العثراتِ، رحمتكَ أرجو، فأصلِحْ لي شأني كلَّه، ولا تكلْني إلى نفسي طرفة عين.

لا إلهَ إلَّا أنتَ الله سبحانَكَ، إنّي كنتُ من الظَّالمين".

جعلتُ أُردِّد هذا الدُّعاءَ، لا أدري كم استغرقتُ في ذلكَ، ولكنَّني أتذكَّرُ أنَّني نمتُ بعدَ فترةٍ طويلةٍ من التقلُّبِ على الفِراشِ المبتلِّ بعرقي على سريري في غرفة نومي، والَّتي هي في الأصلِ ليسَت بغرفةٍ بل مخزن، ثمَّ تحوَّلَت إلى غرفةٍ للخَادمةِ، ولا يوجدُ فيها إلَّا هذا السَّريرُ الحديديُّ الصدِئ، وذلك الدُّولاب الخشبي ببابَين: أحدهما ما زالَ صامِدًا، والآخر يلفظُ أنفاسَه الأخيرة، لا أدري رُبَّما توارثُوا هذا الدَّولاب من جدّهم الأكبر، هكذا يوحي لمَن يراهُ!

وهنا سلَّةٌ من القشِّ فيها ثيابُ القومِ الَّتي سأغسلُها لهم، وطاولةٌ خشبيَّةٌ أُرتِّبُ عليها الثياب، ونافذةٌ صغيرةٌ تطلُّ على جدارِ الجيران، وعليها شبكٌ حديديٌّ؛ لتذكِّرني دائمًا بسجني..

استيقظتُ عدَّةَ مرَّاتٍ في تلكَ اللَّيلةِ، ومع كُلِّ يقظةٍ أُعاودُ الذِّكرَ لأنامَ ثانيةً في هذا الجوِّ الخانقِ بالحرِّ والعرقِ، وشدَّةَ الألمِ في عيني الَّتي ضربتْها زوجةُ عمِّي بكُلِّ قوَّةٍ حتَّى كادَت أن تفجرها.

"لا إلهَ إلَّا أنتَ الله سبحانكَ، إنِّي كنتُ مِن الظَّالمين"، كانت تُريحُني جدًّا فأعودُ إلى نومي.

انتصفَ النَّهارُ وازدادَ الحرُّ شدةً، ولا فرجٌ يلوحُ في الأفقِ.

كدتُ أُجنُّ وأضرب رأسي بالجدارِ لولا أنَّ إيماني باللهِ يعصمُني ويقيني من الزَّلِّ.

جلستُ أقرأُ القرآنَ لتعودَ الرَّاحةُ النفسيَّةُ إليَّ من جديد، ولأسمعَ بعدَها بابَ الغُرفةِ يُفتَح، وبصوتِ زوجةِ عمِّي تُناديني باسمي المحبَّب لديها: تعالَي يا فاسدة!

ذهبتُ خلفَها مُستسلمةً، ولستُ كما كنتُ بالأمسِ، فقَد كنتُ منهارةً تمامًا.

في نفسي قرَّرتُ الاستسلامَ وأن أنسى موضوعَ الجامعةِ، وأن أبلعَ جميعَ أُمنياتي وأسكت، ولا مفرَّ من هذا البيت الكئيب.

كانَت الجامعة ستصبحُ على الأقلِّ مُتنفسًا لي لعدَّة ساعاتٍ بعيدًا عن هذا السجنِ الأليم، وعن هذا المنزلِ الممتلئ بالحقدِ والبُغضِ والكراهية.

في الطريقِ نظرتُ في مرآةٍ جانبيَّةٍ على الجدارِ، فشاهدْتُ تلكَ الكدمةَ السَّوداءَ حولَ عيني اليُسرى.

دعوتُ في قلبي مِن قلبي على تلكَ الظَّالمةِ الَّتي تقودُني كالخروف.

وقفْتُ أمامَهم خانعةً مُستسلمةً خاويةَ الفُؤادِ إلَّا من الألمِ والحزنِ والهمِّ والغمِّ، فمِن الواضحِ أنَّهم خطَّطوا لأمرٍ ما، ويجبُ عليَّ الانصياع التامّ لهُ.

وفعلًا لم تتأخَّرْ سلطانة في قراءةِ (الفَرَمان) بصوتِها الأجشِّ المخيف:

- اسمعي يا فاسدة، نحنُ وافقْنا على أن تذهبي إلى الجامعةِ، ولا مانعَ لدينا بأن تدرسي، ولكن بشرطين!

رفعتُ رأسي ونظرتُ إليها بعيونٍ ذابلةٍ، ووجهٍ عبوسٍ، وذهنٍ شارِدٍ، دونَ أن أنبسَ ببنتِ شفة، فاستأنفَت سلطانة الحديثَ:

- الشَّرط الأوَّلُ أن تخدمينا بعدَ عودتِكِ إلى المنزلِ دون كللٍ أو مللٍ، أو طلبِ راحةٍ واستراحة؛ فأنتِ تعلمين أنَّك تأكلين وتشربين وتنامين مجَّانًا! والشَّرط الثَّاني ألَّا تُطالبي بعدَ تخرُّجِكِ بأن تعملي بشهادتك أبدًا! فهل أنتِ مُوافقةٌ على هذا العرض المغري لخادمةٍ مثلِكِ؟

رددْتُ بكُلّ هدوءِ أعصابٍ وبرودِ مشاعر:

- نعم، موافقة.

وأخيرًا انضممتُ للجامعةِ، وانطلقْتُ من الزِّنزانةِ الحديديَّة إلى رحابِ فسحةِ الجامعة، من العزلةِ القاتمةِ إلى بهجةِ الحياةِ الاجتماعيَّة برفقةِ فتياتٍ رُبَّما كنتُ أكبرَ منهنَّ سنًّا، ولكنَّ قلبي كانَ كقلبِ طيرٍ انطلقَ من قفصٍ ولن يعودَ إليه مهما حصلَ.

مرَّت المرحلةُ الجامعيَّة بسُرعةٍ شديدةٍ، درستُ فيها أربع سنواتٍ وكأنَّها أربعةُ أشهرٍ! كانَت أيَّامًا مُمتعةً تمنَّيتُ لو كانت أربعين سنةً مُتواصلةً لا أربعَ سنوات، فرغمَ الألمِ والجرح والذلِّ والهَوانِ في المساءِ بعدَ عودتي من الجامعةِ، إلَّا أنِّي كنتُ أعيشُ في الصَّباحِ حياةً أُخرى جميلة.

أكونُ إنسانةً أُخرى مع زميلاتي ومعلِّماتي، بالرَّغمِ أنهنَّ بين الحينِ والآخرِ يلاحظنَ على جسدي بعضَ الجروحِ والكدماتِ والخدوشِ، إلَّا أنِّي كنتُ أتهرَّبُ من الأسئلةِ، أو أقولُ إنَّها سقطاتٌ وانزلاقاتٌ.

مُرَّةٌ هي الحياةُ.. نعم، هي مُرَّةٌ مرارة العَلقمِ، الأيَّامُ السَّعيدةُ فيها قليلةٌ، أمَّا أنا فلم أجدْ تلك السَّعادةَ منذُ أن ماتَ والديَّ – رحمَهما الله – وإن كنْتُ أجدُ سعادتي فقط بالابتعادِ عن

منزِلِ هذا الشَّخصِ الَّذي يُسمَّى (عمّي)؛ لذا كانَت الجامعةُ قمَّةَ سعادتي، ويوم تخرُّجي منها قمَّة تعاستي..

كانَ الجميعُ يبكون دموعَ الفرحِ، أمَّا أنا فكانَ لدموعي طعمٌ شديدُ المرارةِ.

لم أُسعَد لحصولي على الامتيازِ في بكالوريوس الرِّياضياتِ، ولا لحصولي على المركزِ الأوَّلِ في دفعتي؛ لأنَّ أحلامي ستقفُ في النهايةِ عندَ مهنةِ "خادمة" في منزلِ الوصيّ والوليّ عمّي، والَّذي أعطاهُ الشَّرعُ والقانونُ حقَّ الولايةِ عليّ، فأصبحَ هو وعائلتُه مصدرَ شقائي وتعاستي.

رميتُ ثوبَ التخرُّجِ ودخلتُ البيتَ لألبسَ ثوبَ "الخادمة" إلى الأبد، هكذا هي مشيئةُ اللهِ، ماذا عساي أن أفعلَ؟!

لم يحضرْ أحدٌ ممَّن يُسمّون "أهلي" هذا اليوم ليشاركوني فرحتي، فتخرُّجي بالنِّسبةِ لهم تعاسة.

جميعُ البناتِ كنَّ سعيداتٍ بآبائهنَّ وأمهاتهنَّ وأخواتهنَّ، أمَّا أنا فكنتُ يتيمةً مَقطوعةً من شجرة.

لقَد بكيتُ، بل وشهقتُ بالبكاءِ وأنا جالسةٌ بينَ المتخرّجاتِ، لم أكُنْ أستطيعُ أن أمنعَ تلك الشَّهقةَ، بل وارتجفَ جسدي كلَّهُ مع دموعي الَّتي سالَت فأفسدَت بهجةَ ذلك اليوم.

هل أشتكي عمّي لأنّه أكلَ مالي وسلبَني حريَّتي وجعلَني خادمةً في منزلِه؟!

هل سيُسمعُني القاضي؟ وإن سمعَ فهل سيُصدِّقني؟!

هل سيُنصفني القانون؟!

هل سأجدُ أحدًا يمدُّ يدَه لينتشلني ممَّا أنا فيه؟!

عمّي رجلٌ معروفٌ في مجتمعنا المحليّ، وسيقفُ الكُلُّ معهُ، وسيعتبروني عاقَّةً ومتمرِّدة!

لماذا لا أحاولُ الهربَ مِن هذا المنزل؟

نعم أهرب، ولكن إلى أين؟

مجتمعي هذا مجتمعٌ مُحافظٌ، والهاربةُ ستكونُ مجرمةً مهما كانَ جرحها، ومهما كانَت أسبابها!

لم يبقَ إلّا أن أقتلَ نفسي لأتخلَّصَ من هذا العذابِ وهذه العيشةِ المُهينة.

لا، لستُ أنا مَن تفعل ذلكَ لأخلدَ في نارِ جهنَّمَ، لن أضيِّعَ آخرتي كما ضاعَت دُنياي، لن أضيِّع جنةً عرضُها السَّماوات والأرض بسببِ دُنيا لا تُساوي عندَ اللهِ جناحَ بعوضة.

لا يوجدُ إلّا الصبرُ يا صالحة.. فلأصبرْ، ولأتجرَّعِ المُرَّ ليلًا نهارًا، ولأحترقْ كخادمةٍ مُطيعةٍ إلى أن يكتبَ اللهُ لي فرجًا ومخرجًا.

لا يوجدُ إلَّا هذا المصيرِ؛ فكُلُّ الأبوابِ موصدةٌ أمامي، ولا يمكنُني أن أغامرَ بشيءٍ آخر، فأنا سمعَتي وسيرتي طيبةٌ عندَ الجيرانِ والنَّاسِ، ولا أريدُ أن أفقدَها بأيِّ عملٍ طائش.

فلأصبرْ وأحتسبِ الأجرَ عندَ اللهِ تعالى، وما عندَ اللهِ خيرٌ وأعظمُ.

كنتُ أحدِّثُ نفسي وأخذَتْني الهواجسُ والهذيانُ ووساوسُ الشَّيطانِ، وشردتُ بعيدًا في هذياني ووسوسةِ نفسي، وما أرجعَني إلى واقعِي إلَّا صوتُ "البومةِ" وهي تصرخُ وتُنادِي: "صالحة، صالحة"!

انتبهتُ لنفسي، وتكرَّرَ النِّداء:

- صالحة، يا صالحة، تعالي!

قلتُ في نفسي: "غريبة.. زوجةُ عمّي تناديني صالحة لأوَّلِ مرَّةٍ بدلًا مِن فاسدة..."

دخلتُ إلى الصَّالةِ على عَجلٍ، فإذا الجميعُ حضورٌ: عمّي وزوجتُه وبناته.

نظرتُ إليها، فإذا هي منشرحةٌ وتبتسمُ لي ولأوَّلِ مرَّةٍ منذُ دخولي إلى هذا المنزل، قلتُ مندهشة:

- ما الأمر!

- اجلسي هُنا، تفضَّلي يا بنتي!

"تفضّلي يا بنتي"، تخرجُ من فمِ سلطانة!

نظرتُ إليها باستغرابٍ أكبر، والتفتَتْ إلى عمّي وقالت:

- تكلَّمْ يا أبا صبحة، بشّرها أنتَ!

نظرتُ إلى عمّي، فإذا هو مبتسمٌ، ثمَّ قال:

- اسمعي يا بنتي، لقد قرَّرنا الموافقةَ على أن تعملي؛ لذا سأقدِّمُ أوراقَكِ غدًا إلى وزارةِ التَّربيةِ لتعملي معلمةَ رياضيات.

لم أستوعِبْ ما قالَهُ عمّي من الدَّهشةِ؛ فطلبتُ منهُ أن يكرِّرَ كلامه، فردَّ:

- نعم يا صالحة، لقد اتَّفقنا، إنَّه من صالحِكِ أن تعملي بشهادتكِ، وهذا خيرٌ لنا ولكِ!

- "ما هذا؟ هل أنا في حلمٍ أم في علمٍ؟!"

أيعقلُ أن تخرجَ البُشرى والسَّعادةُ والفرحُ من هذه العائلةِ؟!

هل فعلًا زوجةُ عمّي الشَّريرةُ تفكِّرُ في مُستقبلي؟!

وهل هذا هو عمّي ذو الشخصيَّة المهترئةِ المهتزَّة وقد استردَّ هيبتهُ؟!

لولا تجاربي مع أفكارِ زوجةِ عمّي الشَّريرةِ والخبيثة لصدَّقتُ، ولطِرتُ من الفرح، ولكنّي تأنَّيتُ ولم أُبدِ أيَّ مشاعرِ فرحٍ أو سعادةٍ، فأكيد إنَّ وراءَ الأكمةِ ما وراءها!

وبدَت دهشتي واضحةً لديهما في اتِّساعِ حدقتي عينيَّ وأنا أنظرُ إليهما دونَ أن أنبسَ ببنتِ شفةٍ؛ لذا استأنَف عمِّي كلامَهُ:

- ولكن نتأمَّلُ بأن تُساعدينا براتبكِ، فكما تعلمين أنَّ مصاريفَكِ كثيرةٌ، وأنتِ تأكلين وتشربين وتصرفين من الكهرباءِ والماءِ وغير ذلك من المصاريفِ، وهو حملٌ ثقيلٌ عليَّ وحدي، فأحبَبْنا أن تعملي وتُساعدي عمَّكِ في هذه المصاريف! فما رأيُكِ يا بنتي؟!

نظرتُ إلى عمِّي المسكينِ نظرةَ شفقةٍ.

- "أيُّها المسكينُ، إلى متى ستجمعُ المالَ ولمَن؟! هل تبقَّى مِن عمركَ الكثيرُ لكي تأخذَ وتسرقَ المالَ من فتاةٍ يتيمةٍ جعلَكَ اللهُ وصيًّا عليها وحفيظًا على مالِها؟!

إلى متى يا عمِّي ستكونُ خاتمًا في إصبعِ زوجتكَ الَّتي لا تخافُ اللهَ، ولا ترعى لكَ حرمةً ولا حشمة؟!

إلى متى يا عمِّي ستعيشُ هكذا بلا شخصيَّةٍ ولا رجولةٍ ولا حتَّى ضميرٍ حيّ تنقذُ به ابنةَ أخيك الشقيق؟!

كدتُ أصرخُ في وجهِه بهذِه الكلماتِ الَّتي خالجَت نفسي؛ فأنا لا يُشرِّفُني أن يكونَ عمِّي، ولا يُشرّفُني أن أكونَ ابنةَ أخيه.

لقَد سقطْتَ يا عمّي من عيني منذُ سنين، لم تعدْ لكَ تلك المهابةُ ولا المكانة الَّتي تليقُ بالعمّ الوليّ، واليومَ أنتَ متَّ.. نعم متَّ ودُفنتَ، ولم يَعدْ لي عمٌّ في هذه الدُّنيا، لقد تبرَّأتُ منكَ! آهٍ يا مَن كانَ عمّي.. آهٍ! ما لي أراكَ اليوم ومِن أجلِ المالِ تكلَّمْتَ وتحمَّسْتَ، هل تريدُ راتبي الَّذي لم يأتِ بعد؟ خُذْه كلَّهُ.. لا أريدُه، فإن كانَ في العملِ حريَّتي وبُعدي عنكُم، فإنِّي واللهِ أتنازَلُ عن هذا الرَّاتبِ كرهًا لكم، خذوهُ.. فلا أُريد إلَّا قوتَ يومي.

نزلَت دموعي وأنا أنظرُ إلى عمّي الَّذي طأطأ رأسَهُ ينظرُ إلى الأرض، وكأنَّهُ يقرأُ ما بداخلي.

يا عمَّاه، غدًا سأموتُ وستذهبُ أنتَ بالإثمِ، ويتسابقُ ورثتُكَ – الَّذين علَّمْتَهم الجشعَ – على أموالكَ، ولن يذهبَ معكَ في قبرِكَ إلَّا عملُكَ الصَّالح؛ فهل أنتَ مُستعدٌّ لذلك؟! عمِّي، أيُّها المسكين! كم أنتَ مثيرٌ للشفقة! واللهِ إنِّي حزينةٌ لأجلكَ، لأجلِ تعاستكَ، لأجلِ مذلَّتِكَ وضياع دينكَ وكبريائك ورجولتك.

هذا ما اختلجَ في صدري ساعتها، وكم وددتُ أن أُسمعَها لهذا الرَّجل، ولكنَّه حتمًا قرأها في عينيَّ وفيهَما.

صاحَت زوجةُ عمّي بنفسٍ نبرتها الخشنةِ القديمة:

- ها! ماذا قلتِ؟ خلِّصينا يا صالحة!

- لا مانِعَ لديَّ، أنا موافقةٌ، خذُوا راتبي كلَّه وأعطوني مصروفًا ليومي فقط.

ابتسامةُ الرِّضا الخبيثة كادَت تشقُّ وجةَ زوجةِ عمِّي شقَّين وهي تُعلِنُ انتصارَها وفوزَها براتبِ المستقبل، وهي لا تعلمُ أنَّها بذلكَ وضعَتني في أوَّلِ طريقِ الحريَّة.

تمَّ قبولي كمعلِّمةِ رياضيات، وحسبَ ما أتمنَّى في قريةٍ نائية، تبعدُ عن مدينتنا مسافةَ نصفِ يومٍ بالسيَّارة؛ أي ستمائة كيلو مترٍ، وكانَت فرحتي بذلكَ كبيرةً جدًّا، فهذا معناهُ أنَّني لن أرى وجةَ زوجةِ عمِّي وبناتها إلّا في الإجازةِ الأسبوعيَّة، أمَّا بقيَّة الأيَّامِ فسأكون بعيدةً عن هذه الأنفسِ الخبيثةِ، وبذلك أستطيعُ أن أستردَّ بعضَ أنفاسي المتهالكة.

وتمَّ الاتِّفاقُ على أن أحوِّلَ راتبي إلى حسابِ عمِّي شهريًّا، وأن يدفعَ لي عمِّي مبلغَ خمسمائة ريالٍ فقط، ليشملَ هذا المبلغُ مصروفي الشخصي، وإيجار السكنِ الجماعي الَّذي سأسكنُ فيهِ مع المعلِّمات، وإيجار سيَّارة الأجرة الأسبوعيّ.

كانَ عمِّي - بإيعازٍ من سلطانة - يحاولُ مع مسؤولي التَّربيةِ وبكُلِّ ما يملكُ من معارفَ ووساطاتٍ كي يتمَّ نقلي إلى مدينتي، لا لسوادِ عينيَّ، بل لكي يُخفِّفَ المبلغَ من خمسمائةِ ريالٍ إلى

أقلَّ من ذلك، ولكن، والحمدُ للهِ إنَّ جهودَهُ باءَت بالفشلِ؛ فهناكَ قبلي قائمةٌ طويلةٌ من المعلِّماتِ ممَّن هنَّ زوجاتٌ، في انتظارِ مثل هذا القرارِ ولمَّا يحصلْنَ عليهِ بعدُ، فكيفَ بفتاةٍ عزباءَ مثلي تبلغُ من العُمر سبعًا وعشرين سنة؟!

وكنتُ أدعو اللهَ أن تخيبَ مساعِيهِ، وألَّا ينجحَ فيما هو مُقدِمٌ عليه؛ فأنا كُلُّ أمنياتي أن أعيشَ وحيدةً بعيدًا في تلك القريةِ النَّائية، حيثُ النُّفوس الطيِّبة والقلوب الصَّافية النَّظيفة.

داومتُ في قرية "طَيْبة" النَّائية البعيدة عن مدينتنا، وفي مدرسةِ طيبة الابتدائيَّة للبنات.

سُعدتُ جدًّا بتلك القريةِ، وكم ارتحتُ لمسمَّى القريةِ والمدرسةِ؛ فكلمةُ "طيبة" أعطَتْني الإحساسَ أنَّ اللهَ قد استجابَ لدعواتي فعوَّضَني عَنِ الحرمانِ والآلامِ العظيمةِ الَّتي تحمَّلْتُها طوالَ عشرِ سنواتٍ في منزلِ عمِّي، والَّتي كانت سنواتِ ذُلٍّ وتعاسةٍ وهوَان.

كانَت "طيبة" اسمٌ على مُسمَّى؛ فكُلُّ مَن عاشرتُه هناكَ كان طيبًا: من الإدارةِ والزَّميلاتِ والطَّالباتِ ووليَّاتُ أمورهنَّ، حتَّى الهواءُ كانَ طيبًا نقيًّا.

لم يبقَ لي في هذهِ الدُّنيا مِن المالِ غيرُ المنزلِ الَّذي ورثْتُه مِن والدي، ولا أدري لِمَ لَم يستولِ عليهِ عمّي وزوجتُه إلى الآن؟! فلعلَّ القوانينَ الصَّارمةَ والمعقَّدَة هي ما جعلَتْهُم يبتعدون عن هذا المنزلِ معَ أنَّ قيمتَهُ كانت كبيرةً، أو أنَّهما يُخطِّطان لأمرٍ مستقبليّ خفيّ.. وهذا ما كانَ بالفعل.

داومتُ في المدرسةِ، وفي أوَّلِ يومٍ من أيَّامِ الدَّوامِ عرَّفتني المديرة على بقية زميلاتي في غرفة الرياضيات قائلةً:

- هذه زميلتُكِ "وضحاء": هي معلِّمةٌ قديرةٌ وقديمة، وهي منسِّقةُ المادة، وهذه "سلمى": معلِّمةٌ صاحبةُ خبرةٍ في هذه المدرسةِ، وهذه "ولاء": معلِّمةٌ سوريَّةٌ لها عدَّةُ سنواتٍ في هذه المدرسةِ، وهذه "عايدة": معلِّمةٌ جديدةٌ من مِصر، وهي تعيينٌ جديدٌ مثلكِ.

رحَّبَ الجميعُ بي، وجلستُ على الطَّاولةِ المخصَّصةِ لي.

بدا لي من الوهلةِ الأولى أنَّ الجميعَ هنا يتَّصفون بالطِّيبةِ وحُسنِ العشرة، وإن كانَت الثرثرةُ الزَّائدةُ تطلُّ برأسِها بينهنَّ.

"عايدة المصرية" شابَّةٌ صغيرةٌ غيرُ متزوِّجةٍ، قادمةٌ من مصرَ، تشعرُ بالغُربةِ الشَّديدة، وكانَت تتمنَّى لو تمَّ تعيينُها في المدنِ الكُبرى، ولكنَّ حظَّها أوصلَها إلى هذهِ المدرسةِ في هذه القريةِ النَّائيةِ.

"ولاء" أيضًا لم تكُنْ راضيةً بهذهِ القريةِ النَّائيةِ؛ لذا حاولَت مِرارًا وتكرارًا أن تنتقلَ إلى المدينةِ حيثُ زوجُها المعلِّم الثَّانوي، ولكن باءَت جميعُ محاولاتِها بالفشلِ، فاستسلمَت للأمرِ، وطلبَ زوجُها النقل إلى هذهِ القريةِ، فتمَّ لهُ ذلك بكُلِّ سهولةٍ، وهما الآن منسجمانِ مع المعيشةِ هنا على ما يبدو، وخاصَّة أنَّ المعيشةَ هنا أرخصُ من المدنِ الكبيرةِ الغالية.

أمَّا "سلمى" فهي من نفسِ مدينتي، وكَم حاولَتِ الانتقالُ، ولكن تمَّ إبلاغُها بالرَّفضِ، فهي تعيشُ في غربةٍ قاسيةٍ هنا بعيدًا عن زوجِها وأولادِها، وخاصَّة أنَّ زوجَها مُقعَدٌ ولا يعملُ، وهي لا تستطيعُ تركَ العملِ؛ فهو مصدرُ رزقِها الوحيد.

أمَّا "وضحاء" فهي من أهلِ هذه القريةِ، أقلّهنَّ ثرثرةً، وأكبرهنَّ عمرًا، ويبدو عليها الوقارُ، وهي متزوِّجةٌ ولديها أولادٌ كُثر، وقَد شعرتُ معَها كأنَّها أُختي الكُبرى، وارتحتُ لها جدًّا، وكنْتُ أستفيدُ من خبراتِها وملاحظاتِها، فكانَت نِعْمَ الأختُ المعلِّمةُ لأخواتِها المبتدئات، وكذلكَ كانت لها مواقفُ مشرِّفةٌ جدًّا معي.

المهمَّ أنِّي أحببتُ المجموعةَ وانسجمتُ معهنَّ مع مرورِ الأيَّام، وإن كنتُ أتحاشى أن أحدِّثَهنَّ عن عائلتي الكئيبة الَّتي

أرجعُ إليها كُلَّ نهاية أسبوع، أو في الإجازاتِ الَّتي لم أكُنْ أتمنَّاها أبدًا.

كانَ معي في السَّكنِ زميلاتي: سلمى وعايدة، وأيضًا مُعلِّمة تربيةٍ إسلاميَّة من مدينةٍ مُجاورة تبعدُ عن القريةِ مئتَي كيلو متر، واسمُها "ماجدة".

كانَت ماجدةُ قريبةً إلى نفسي أكثر من هؤلاء؛ فهي كانَت تسكنُ معي في الغرفةِ نفسِها، وكانت صاحبةَ دينٍ وأخلاقٍ حميدةٍ، وتكبرُني بعدَّةِ سنوات، فأنا حاليًّا سبعٌ وعشرون سنةً، وهي ثلاثةٌ وثلاثون عامًا، لم تتزوَّج بعد، وتحفظُ القرآنَ كاملًا مثلي؛ لذا كانَت فرصةً طيبةً أن نراجعَ ما حفظناهُ معًا.

كانَت تبثُّ إليّ أسرارَها، وأنا فتحْتُ قلبي أيضًا لها، فملكَتْ قلبي كأعزِّ ما أملكُ في هذهِ الدُّنيا.

كنتُ في أيَّام الإجازاتِ أشتاقُ لها جدًّا، وهي كذلك، ولكنَّ الفرقَ بيني وبينها أنَّها تذهبُ إلى منزلٍ كلّهُ محبَّةٌ وسعادةٌ، وأنا أرجعُ إلى وظيفتي كخادمةٍ مُهانةٍ طوالَ الإجازة، وكانَت هي تأخذُ راتبَها كاملًا. أمَّا أنا فلا يبقى من خمسمائة ريالٍ الَّتي آخذُها إلَّا القليل بعدَ أن أدفعَ للإيجارِوالطَّعامِ والشَّراب وأجرةِ السيَّارة كُلَّ أسبوع، ومعَ ذلك فقد كنتُ سعيدةً جدًّا بما فتحَ اللهُ لي

من نعمةِ البُعد عن عائلتي، ونعمةِ هذه الأُختِ الَّتي أصبحَت لي كُلَّ حياتي.

لقد أحببتُها في اللهِ، وجعلتُها في سويداءِ قلبي، وامتلكَت كُلَّ جوارحي؛ فقَد أصبحَت أُمِّي وأبي وأختي.. وكُلَّ شيء في حياتي. هي فعلًا كانَت عظيمةً بصفاتها، وطيبةِ قلبها، وصفاءِ سريرتها، ومحبَّتها الكبيرة لي، فلا يمرُّ أسبوعٌ إلّا وتُحضِرُلي معها هديَّةً من والدتِها أو أخواتِها، فقَد حدَّثَتهم عنّي كثيرًا.

كانَت في السَّابق تعملُ في منطقةٍ أبعد من هذهِ، وقد تمَّ تقريبها بأن ألحقوها بهذهِ المدرسةِ، وكم أسعدَتْني عندَما أسرَّت لي إنَّها لن تطلبَ النقلَ ما دامَت معي في نفسِ المدرسةِ.

ولكن هل تدومُ سعادتي هذه وأنا من كُتِبَ عليها الابتلاءُ في حياتها؟

هذا ما كنتُ أخشاهُ دائمًا؛ فأنا في قرارةِ نفسي أشعرُ أنَّ السعادةَ لم تُكتَب لي بتاتًا، فالتَّعاسةُ تُلازمُني منذُ أن فقدتُ والديَّ، وفعلًا حصلَ ما كنتُ أخشاهُ.

لقَد اختفَت ماجدة فجأةً، اختفَت بعدَ إجازةِ نصفِ السَّنةِ ولم تَعُدْ.

سألتُ عنها المديرةَ ومساعدةَ المديرةِ وزميلاتها في المادةِ، فكان الجوابُ: لا نعلمُ عنها شيئًا.

جُنَّ جنوني وقد مضى أسبوعٌ كاملٌ وهي غائبةٌ، ولا أعلمُ عنها شيئًا، وبعدَ أسبوعٍ وصلَتْني رسالةٌ عبرَ بريدِ المدرسةِ، كادَ قلبي أن يتوقَّفَ وأنا أسمعُ العاملةَ تخبرُني أن أراجعَ السكرتيرةَ لوصولِ بريدٍ لي.

تساءلتُ في نفسي: بريدٍ لي أنا! مَن الَّذي يُرسِلُ لي أنا؟! غريبة! أتكونُ من ماجدة؟!

أسرعتُ عندَ السّكرتيرةِ وأخذتُ الرّسالةَ، إنَّها فعلًا من ماجدة، فتحتُها وقرأتُها مع تزايدِ دقَّاتِ قلبي المتلاحقة:

"أختي المؤمنة الصَّابرة الحبيبة إلى قلبي، الصالحة "صالحة":

كم أحببتُكِ في اللهِ، وسأظلُّ أحبُّكِ إلى آخرِ يومٍ في حياتي، أيَّامي في الحياةِ أصبحَت معدودةً؛ فأنا في حالةِ احتضارٍ، فقَد تمكَّن مرضُ السَّرطانِ منّي واستشرى في جسدي كلّهِ، والآلام تأكلُ كلَّ يومٍ قطعةً جديدةً فيهِ.

قد يصلُكِ قريبًا خبرُ وفاتي، فلا تنسَيني دائمًا من دعائكِ الصَّالح.

أختُكِ المحبَّة ماجدة.

يومَها بكيتُ بكاءً لم أبكِ مثلهُ حتَّى على وفاةِ والديَّ، لقَد اهتزَّ كياني بأكملهِ، وانهارَت قواي، وضعفَت رجليَّ عن حملي..

يا إلهي، ماجدة! سترُكَ يا ربّ وعونكَ..

يا إلهي، مَن لي بعدَ ماجدة؟!

لو كَانَ تمنّي الموت جائزًا، لسألتُ اللهَ أن يأخذَني معَها، فهي أمامَها مستقبلٌ، ولها مَن يخاف عليها ويبكي من أجلِها، أمّا أنا، فوحيدة مقطوعة، لن يفتقدني أحدٌ.

كانَت دموعي تجري على وجنتيَّ كالأنهارِ، لم أعِ إلّا وأنا أصطدمُ ببابِ غرفةِ المعلّمات، ثمَّ سقطتُ على الأرضِ.

ماتَت ماجدة.. بل ماتَت صالحةُ معها.

ماتَت ماجدةُ، هكذا وصلتِ الأخبارُ، وأعلنَ في الطّابورِ، فماتَت البسمةُ على وجهي، واختفَت تلكَ البشاشةُ والتفاؤلُ والأملِ، لازمتُ الفراشَ عدَّة أيّامٍ مريضة، محمومةً، لا أقوى حتّى الذّهاب إلى الحمّام..

لماذا تعرَّفتُ عليكِ يا ماجدة؟! هل لتزدادَ آلامي وأحزاني؟! ها هو سريرها يُذكِّرُني بها، فلم أستطعِ النّومَ في هذهِ الغرفةِ؛ لذا كنتُ ضيفةً ثقيلةً، أنامُ على الأرضِ في غرفةِ سلمى وعايدة.

ما زلتُ صابرةً على البلاء، ولكنَّ الحزنَ الدَّفينَ سكنَ قلبي، وأحالَ كُلَّ شيء في هذه الحياة إلى سوادٍ، ومع ذلك لم ترحمْ زوجةُ عمِّي حالتي، بل كانَت كلَّما رأتني في حالٍ يُرثى لها، أذاقَتْني

صنوفَ العملِ الشاقِّ، وتلذَّذَت في تحطيم ما بقي من إنسانيَّتي وكبريائي.

ماتَت ماجدة ولم أُعطِ قلبي بعدَها لأحد، تجنَّبْتُ أن أتقرَّبَ إلى أحد، خشيةَ أن أحبَّهم ثمَّ أفقدهم، لذا لازمتُ الصمتَ، وكانَ ملاذي بعدَ الدَّوامِ سجَّادتي ومصحفي، لا أُشارِك في أيِّ فعاليَّة، أو نشاطٍ اجتماعيّ، ولا أرغبُ في الخروجِ إلى السوقِ، أو أيِّ مكان، وكانَ الجميعُ يحترمُ رغبتي تلك.

سبعُ سنواتٍ كاملة وأنا في تلك القرية النَّائية، أعملُ فيها بمصروف شهري خمسمائة ريال فقط، هو كاملُ ما يتبقَّى لي من راتبي الَّذي زادَ، ولكنَّ المصروفَ لَم يزدْ.

خلالَ هذه الفترةِ تزوَّجَت صبحةُ من شابٍّ تعرَّفَت عليهِ عن طريقِ تبادُلِ الرَّسائلِ الغراميَّة في الحيِّ الَّذي تسكنُه بفعلِ الصحبةِ السيِّئة، ثمَّ تقدم إليها وتمَّ الزَّواج، ومن ثمَّ تبيَّن أنَّه عربيدٌ سكِّيرٌ، يضربُها لأتفهِ الأسبابِ، وكم رأيتُ على وجهِها نفسَ الكدماتِ الَّتي كانَت ترسمُها على وجهي سابقًا.

وعلمْتُ بعدَها أنَّها لا تستطيعُ طلبَ الطَّلاقِ لسببٍ ما، لم أعرفْه حتَّى اليوم، فسبحانَ مُغيِّر الأحوال!

صبحة تلك الجبروت، وكَّلَ اللهُ لها من يُذيقُها ألوانَ العذاب، من الضربِ والتنكيلِ والإهانةِ، وها هي تُسقَى من

نفسِ الكأسِ الّتي كانت تسقيني إيّاها، ولكنّي لستُ شامتةً، بل حاولتُ أن أُخفّفَ عنها جرحَها، ولكنّها ما زالت معي بذلك الكبرياء والعنجهيّة!

ألم تتعلّمي الدّرسَ يا صبحة؟!

كم أنتِ مسكينةٌ وأنتِ ما زلتِ تعيشين دورَ الأميرةِ معي، في حين إنَّ الكدمات في وجهِكِ تفضحُ هذه السيادةَ الزَّائفةَ!

كم أتمنّى أن تعودي إلى ربِّكِ وتلجئي إليهِ، فها هو الحبُّ الزائفُ، والّذي أسَّس على خطأٍ، انظُري ما نتيجتُه؟!

هأنتِ تطلبين الخلاصَ ولا تجدينه، وهو يزدادُ في إهانتِكِ وإذلالك!

كم أتمنّى أن يدركَ هذا الجيلُ أنَّ مثل هذه العلاقاتِ والمحبّة الّتي تُبنَى في الشَّوارعِ والمحلَّات والأسواقِ، إنّما هي أوهامٌ وسرابٌ خادعٌ، وإنْ خُتِمَت بالزَّواجِ، فإنَّ نهايتَها في الغالب تكونُ تعيسةً، وستظلُّ الزّوجةُ محلَّ شكٍّ وريبةٍ، وستظلُّ خطواتُها محسوبةً عليها مهما حاولَت بناءَ الثِّقة بينها وبين زوجها.

رحمَكَ اللهُ يا والدي، فكم كنتَ تقولُ لي:

- يا صالحة، الرّجلُ عندَما يريدُ أن يتزوّجَ فإنَّه يبحثُ عن المرأةِ الّتي لم يتعرَّفْ عليها من الشَّارعِ، وإن حصلَ وتزوَّجَها

فإنَّها تظلُّ في نظرِه تلك المرأة الَّتي خانَت ربَّها أوَّلًا، ثمَّ والديها، وتعرَّفت عليه خفيةً، أفلا تفعلُها وتتعرَّف على غيره؟!

كان يقول – رحمَه الله: لا يوجدُ حبٌّ صادقٌ خارجَ إطارِ الزواج، بل هو أكذوبةٌ كُبرى لكي يسهلَ بهِ التلاعُب بعواطِف وعقولِ وأعراض النِّساء، أو بالحديث والتواصُلِ المحرَّم معهنَّ، وفي النهايةِ يرفسُها بلا شفقة، فمَن استرخصَت نفسَها وجسدها، فهي غيرُ مؤهَّلةٍ في نظرِه لأن تكونَ أمًّا لأولادِه، وإنْ كانَ رجلًا وتزوَّجَها، فالشكُّ سيكونُ سيّدَ مواقفِ حياتِهما.

ما زالَت نصائحُه ترنُّ في أذنيَّ وكأنّي أسمعُها للتوِّ:

- يا صالحة، إيّاكِ والوقوع في شَرَكِ الحُبِّ، إيّاكِ والعشق المحرَّم، إنَّها لعبةٌ فاشلة رديئة بينَ طرفَين خاسرَين لا محالة، لا فائزَ في هذه اللَّعبةِ، وقد يؤدِّي إلى خسارةِ الدِّينِ وخسارة العرضِ، والشرف، والسُّمعة، والحياء، احذَري أن تُعطيَ قلبَكِ لشخصٍ ما، فإن لَم تخسري العرضَ والشَّرفَ والسُّمعةَ، فستخسرين الهدوءَ والطمأنينةَ وراحةَ البالِ، وستخسرين الوقتَ والمالَ، وقد تخسرين الحياةَ بأكملها، بل وقد تخسرين الدُّنيا والآخرةَ معًا.

يا بنتي، الرَّجلُ إن أعجَبَتْهُ فتاةٌ، فليختصِرْ كُلَّ الطُّرقِ، وليطلبها مِن ربِّه في سجدةِ استخارةٍ، ثمَّ لِيدقَّ بابَها ويطلبها مِن

وليِّ أمرِها بأجملِ عبارةٍ، وغير ذلكَ فهو لعبٌ وخديعةٌ ومهانة للمرأةِ الشَّريفةِ العَفيفة.

رحمَكَ اللهُ يا والدي، إنَّ تلك النَّصائحَ ما زالَت تتردَّدُ في أذنيَّ، وما زلتُ أقولُ "سمعًا وطاعة يا أبي"، حفظتُكَ في وجودِكَ، وسأحفظُكَ في غيبتِكَ، فاسمكَ لا يجبُ أن يلطخَ حيًّا أو ميتًا.

أمَّا ملحة فقد تزوَّجَت مِن رجلٍ مُتزوِّج، ولكنَّها ابتُليَت بأمِّ الزَّوج الَّتي أذاقَتْها صنوفَ العذاب.

وبزواج صبحة وملحة أصبحَ الطَّريق – رُبَّما – مُمهِّدًا لي، ولكن مَن سيدقُّ البابَ وأنا في هذا العمرِ "34" سنة؟

ومَن سيُعجَب بي وأنا المتغطِّيةُ بعفَّةٍ وكرامة، ولم يَروجهي أيَّ رجلٍ في هذه القرية النَّائية؟

أنا لا أُشاركُ في أيِّ اجتماعاتٍ، ولا أحضرُ الحفلاتِ والأعراسَ لتراني الأمهَّات.

أيُرسلُ اللهُ لي فارسَ أحلامي من حيثُ لا أعلمُ؟!

نعم، دعوتُ عدَّةَ مرَّاتٍ بهذا الدُّعاءِ؛ أن يرزقَني اللهُ الرَّجلَ الصَّالحَ، وأن يأتي اللهُ بهِ من حيثُ لا أعلم، "ونعم باللهِ".. ولكن هيهات هيهات.. وأنا هذه حياتي، وهذه عائلتي.

ثمَّ أستغفرُ وأتمتمُ: "اللهُ على كُلِّ شيءٍ قدير، اللهُ على كُلِّ شيءٍ قدير" "إِنَّمَا أَمْرُهُ إِذَا أَرَادَ شَيْئًا أَنْ يَقُولَ لَهُ كُنْ فَيَكُونُ".

أمَّا في مدينتِنا فالكُلُّ يعلمُ أنَّ عمِّي رفضَ كُلَّ مَن تقدَّم لي قبلَ سنواتٍ خمس، ومن بعدَها انقطعَ الخطَّابُ إلَّا من بعضِ المسنِّين الكبار الَّذين كانُوا يطمحون بفتاة صغيرة مثلي لتكونَ ممرِّضةً لديهم في آخر عمرهم، ومع ذلك رفضَهم عمِّي: لا لشيءٍ إلَّا لأنِّي الدَّجاجةُ الَّتي تبيضُ ذهبًا له ولزوجتِه، فكيفَ يخسرها؟!

استدعَتْني مُساعِدة المديرةِ، الأستاذة حصَّة لمقابلةِ إحدى الأمهَّات الَّتي جاءت تسألُ عن ابنتِها، هكذا قالَت لي، فذهبْتُ مُسرعةً بعدَ انتهاءِ الحصَّة إلى غرفةِ المساعدة.

دخلتُ الغرفةَ، وللحظةٍ ذُهِلْتُ وتسمَّرتُ مكاني، إذ أنا وجهًا لوجهٍ مع رجلٍ، نعم، إنَّه أبٌ وليست أمًّا.. كم صُعِقْتُ لذلك؛ حيثُ كنتُ متهيِّئةً لمقابلة أنثى وليس ذكرًا! كنتُ مخفِّفةً من عبايتي، وحتَّى شيلتي لم تكُنْ تُغطِّي شعري بأكمله.

يا لعقابِكَ عندَ اللهِ يا صالحة! تمنيَّتُ أن تنشقَّ الأرضُ وتبلعني، فالموقفُ بالنِّسبة لمثلي كانَ غاية في الإحراجِ، ولشدَّة توتُّري لم ألمح ملامحهُ بقدر ما كنتُ أبحثُ عن بابِ الخروج الَّذي أضعتُ دربَه!

بعدَ الذّهولِ والتوتُّرِ تراجعتُ بسرعةٍ إلى الخلف، واصطدمْتُ بالباب الزُّجاجي، ثمَّ فتحتُ البابَ وخرجتُ من الغرفةِ مسرعةً، فإذا بمساعدة المديرة أمامي، فثارَت ثائرتي عليها، وصحتُ بغضبٍ شديد:

- كيفَ لم تقولي إنَّه رجلٌ، وأحرجتِني أمامَه يا حصة؟!

- أنا أخبرتُ العاملةَ بأن تقولَ لكِ إنَّه رجلٌ، ويبدو أنَّها نسيَت يا صالحة.

- طيِّب، كوني حريصةً أكثر من هذا حتَّى لا يتكرَّرَ هذا الأمرُ ثانيةً يا حصَّة.

- لم يحصلْ شيءٌ يا صالحة، الموضوعُ بسيطٌ، تعالي سأكونُ معكِ في اللِّقاء.

- كيفَ لم يحصل شيء؟! وهل هناك لقاءٌ بعد ما حدثَ؟! لقَد وضعتِني في مَوقفٍ حرجٍ مع رجلٍ أجنبيّ لم أتهيّأ لمقابلته، أيرضيكِ أن أقابلَه هكذا دونَ عبايةٍ، ودون غطاء؟! لو سمحتِ، اعتذري لهُ، فأنا لستُ مستعدَّةً أن أقابلَهُ بعدَ الَّذي حصلَ.

ثمَّ ركضتُ إلى غرفتي وأنا في قمِّة التوتُّروالإحراجِ والغضب، وظللتُ أبكي ذلك اليوم، وأنا لا أدري هل هذا البكاءُ من

المَوقفِ الَّذي حصَل؟ أم لأنّي تذكَّرتُ والدي يومَها، وتذكَّرتُ نصائحَهُ؟!

تمتمتُ في نفسي: هذا الرَّجلُ لا ذنبَ لهُ، بل أنا المذنبةُ، فيجبُ أن أكونَ حريصةً أكثرَ من هذا، فأنا على عِلمٍ أنَّ هذه المدارسَ يرتادُها أولياءُ الأمور الرِّجال أحيانًا، وكذلكَ من الموجِّهين وغيرهم من المسؤولين والعمَّال، فلا بُدَّ أن أكون حريصةً أكثر.

بخروجِ صبحة وملحة من المنزلِ أصبحَت مهامُّ المنزلِ خفيفةً عليَّ نوعًا ما، ولكنَّهُما مع نهايةِ الأسبوع، وعندَما أكونُ موجودةً، قد تزوران والدَيهما، ويجبُ عليَّ على الرَّغم مِن بُعدِ المسافة الَّتي أقطعُها أسبوعيًّا، أن أقومَ بالطَّبخِ والخدمةِ، وأساعِدَ الخادمةَ الَّتي أحضروها مع دخولي إلى العَمل.

لقد كنتُ راضيةً وشاكرةً لِنعم ربِّي عليَّ، فأنا على الأقلِّ لديَّ أهلٌ وإن جاروا عليَّ بظلمِهم، ولكنَّ وجودَهم حافظَ على شرفي وسُمعتي وأخلاقي.

هذا اليوم جاءَت ملحة تبكي، فهذهِ المرَّة قد تزوَّجَ عليها زوجُها للمرَّةِ الثَّالثة بأمرٍ من والدتِه، وأصبحَت بعدَها أكثرَ قُربًا منِّي عندَما تأتي إلى المنزل؛ فلربَّما ذاقَتِ المُرَّ الَّذي ذقتهُ أنا، فعرفَت حجمَ المأساةِ الَّتي كنتُ وما زِلتُ أعيشها في هذا المنزل،

فقَد جرَّبت ما تفعلُه معها أمُّ زوجِها، حيثُ تسكنُ معهما، وأصابَها ما أصابني من أمِّها وعائلتها.

لقد شعرْتُ بتغيُّرِها، وبدأتُ أحسُّ بتعاطُفِها معي، وإن كانَت هي نفسها ضعيفةَ الشخصيَّة كوالدها.

أمَّا زوجة عمِّي فلا أدري متى ستستفيقُ من سكرتِها؟ ومتى ستدرِكُ فداحةَ الجُرمِ الَّذي أوقَعَت نفسَها فيه؟!

متى ستعي أنَّها يجبُ أن تردَّ حقوقي، أو على الأقلِّ تحسن إليَّ في مُعاملتِها وتتركني وشأني، بدلًا من أن تجعلَني خادمتَها إلى ما شاء الله؟!

كانَ هاجسُ العنوسةِ يُلاحقُني؛ فأنا لم أعُدْ صغيرةً، وأصبحَ المنزلُ الَّذي أعيشُ فيهِ بقريةٍ طيبة مُوحشًا بعضَ الشَّيء، وذلك برحيلِ سلمى وزاج عايدة.

لقد سُعدْنا جدًّا بقرارِ نقلِ زميلتنا سلمى إلى مدينتِها فأخيرًا تحقَّقَت أمنيتُها، وكم بكينا فرحًا من أجلها!

حضَنَتْني طويلًا وهي تودِّعُني للمرَّةِ الأخيرة، وأعطَتني عنوانَ منزلها، لعلَّ وعسى نلتقي يومًا ما.

أمَّا عايدة فإنَّها بعدَ زواجِها تخطِّطُ لاستئجارِ منزلٍ مستقلٍّ تعيشُ فيهِ معَ زوجِها، ولا أدري ماذا سأفعلُ أنا بعدَ ذلك؟! هل سأعيشُ في هذا المنزل وحدي؟!

وهل بديلة سلمى ستكونُ في حاجةٍ للسكنِ معي، أم ستكونُ من قريةٍ قريبةٍ تأتي وتذهب يوميًا؟!

أم سيعيشُ معها زوجُها.. أم.. أم..

كانَت هذهِ الهواجسُ تُلاحقُني، ولكنّي كنتُ مؤمنةً، وكنتُ على ثقةٍ أنَّ اللهَ لن ينساني.

قطعَت العاملةُ حبلَ أفكاري:

- مُساعِدة المديرةِ تريدُكِ، هناكَ وليُّ أمرِ رجل، يريدُ مُقابلتكِ.

- رجلٌ!

- نعم، رجل.

طيلةَ فترة وجودي في هذهِ المدرسةِ لم أستقبلْ إلّا الأُمَّهات، فما لي أستقبلُ في شهرَين مُتتاليَين رجلَين؟ ذاكَ الرَّجل الَّذي حصلَ الموقفُ المُحرجُ معهَ، ومن ثمَّ رفضْتُ مُقابلتَهُ، وهذا الرَّجلُ الَّذي حضرَ اليوم.

من الواضح إنَّ المُساعدةَ قد تعلَّمَت الدَّرسَ؛ لذا أكَّدَت العاملةُ أنَّه رجلٌ.

وليُّ أمرِ مَن يكونُ يا تُرى؟ وماذا يريدُ؟!

كانَ قلبي يدقُّ بشدَّةٍ؛ فأنا لم أعتَد على مُقابلةِ الرّجالِ الغرباء، تلحَّفتُ بعباءَتي وتغطَّيتُ كعادتي، ودخلتُ غرفة

المساعِدة متهيِّبةً للموقفِ، ولمحتُه جالسًا على يمينِ البابِ، ووقفَ عندَ دخولي.

سلَّمتُ، وما أظنُّه سمعَ صوتي الخافِت المرتعش، وجلستُ حيثُ أشارَت إليَّ الأستاذةُ حصَّة، وأنا لا أنظرُ إليهِ، وقلبي يرجفُ هيبةً.

قالَت حصة:

- والدُ فاطمة جاسم في السَّادس أولى، جاءَ ليسألَ عن ابنتِه.

ارتبكتُ، مَن فاطمة جاسم هذهِ؟! وكأنِّي لأوَّلِ مرَّةٍ أسمعُ اسمَها، ثمَّ تمتمْتُ بصوتٍ خافِتٍ:

- فاطمة جاسم!

- نعم، فاطمة جاسم، تلك الَّتي كنْتِ تمتدحين حلاوةَ صوتِها في قراءةِ القُرآن!

آهِ.. فاطمة جاسم! كيفَ نسيتُها؟ فهي مِن أميزِ طالباتي، يبدو أنَّ الموقفَ أنساني فاطمةَ، أجبتُ بصوتٍ مُرتعشٍ:

- نعم فاطمة جاسم في السَّادس أولى..

تكلَّمَ الرَّجلُ بصوتٍ هادِئ:

- أستاذة صالحة، بدايةً أنا أشكرُكِ على مجهودِكِ مع البناتِ، ويعلمُ اللّهُ كم تتحدَّث عنكِ ابنتي، بل القريةُ كلُّها

تتكلَّم عن عطائكِ المميَّز، وخلقكِ وأدبكِ، فقريتُنا صغيرةٌ، وأمثالكِ المخلصات لا بُدَّ أن ينتشرَ صِيتهنَّ.

نظرتُ إليهِ بطرفِ عيني خلسةً من تحتِ غطائي دونَ أن يشعرَ بي، فإذا هو رجلٌ أبيضُ، يتخلَّلُ بعضُ البياضِ لحيتَه، وكأنَّه في العقدِ الرَّابع من العُمر، ثمَّ سحبتُ نظراتي كيلا يراني، فإذا به يكملُ كلامَه:

- أنا لم آتِ لكي أسألَ عن فاطمة، ولكنِّي حضرتُ لأجلِ أمرٍ يخصُّكِ يا أستاذة صالحة.

ماذا قالَ؟ يخصّني.. أنا!

دقَّ قلبي بشدَّةٍ، ماذا يريدُ هذا الرَّجلُ؟ وما هذا الأمرُ الَّذي يخصُّني؟

أنا أخافُ مِن المفاجآتِ وأخشاها، وها هو قلبي بدأ في الرَّجفانِ بشدَّةٍ، هل فعلتُ أمرًا ما؟! لا أتذكَّرُ أنِّي تجاوزتُ في أمرٍ ما، كلَّا؛ فالرَّجلُ يمدحُني.. فماذا يريدُ؟

دارتِ الأسئلةُ في رأسي بسُرعةِ البرقِ وأنا أنتظرُ أن يُكملَ حديثَهُ:

- نعم يا أستاذة، فأنا جئتُ طالبًا يدَكِ لي شخصيًّا، أردتُ أن أعرفَ رأيكِ في الزَّواجِ مِن رجلٍ مُتزوِّج قبل أن أتقدَّمَ إلى أهلك؟

ماذا؟! تسارعَت دقَّاتُ قلبي، وتصبَّبتُ عرقًا وأنا أسمعُ هذا الكلامِ، وتمنَّيتُ أن أهربَ من هذا الموقِفِ، ولكن لم أستطِع، وقد كانَت الأستاذةُ حصَّة مُساعدةُ المديرةِ أكثرَ منِّي دهشةً وهي تقولُ لهُ:

- أستاذ جاسم، كيفَ تطلبُ يدَ فتاةٍ لَم ترَها، ولا تعرفها جيدًا إلَّا من خلالِ ابنتكَ؟

- ومَن قالَ إنِّني لم أرَها ولا أعرفها؟ لقد سمعتُ عنها كثيرًا، وعن أخلاقِها، وتأكَّدتُ من ذلكَ في المرَّةِ الأولى الَّتي قابلْتُها فيها هنا في غرفتِكِ، فقد رأيتُها، وشاهدتُ موقفَها معي ومعكِ، وسمعتُها وهي غاضبةٌ عليكِ؛ فأعجبَتْني أكثر، أنا أريدُ امرأةً من هذهِ النوعيَّة، وبإمكانِها أن تسألَ عنِّي، فأنا جاسمُ الأديب، مديرُ مدرسةِ قرية "العون" الثَّانوية، القرية المحاذية لقريتكُم من جهةِ الغَرب، عِلمًا أنِّي أسكنُ هنا في قرية "طيبة"، ومتزوِّجٌ، ولديَّ فاطمة فقط.

فسألتْهُ حصَّة:

- ولماذا تتزوَّجُ من أُخرى وأنتَ لديكَ زوجةٌ وابنة؟

- هذا الأمرُ يطولُ شرحُه يا أُختي، ولكن باختصارٍ أنا بحاجةٍ ماسَّة إلى زوجةٍ ثانية، ولم ولن أجدَ أفضلَ من

الأستاذةِ صالحة؛ فهي حقًّا اسمٌ على مسمَّى، فما رأيُ الأستاذة صالحة؟

رأيي أنا، وهل لي رأيٌ؟

آهِ يا أستاذ جاسم، لو تعلم ما أنا عليهِ مِن شقاءٍ وبُؤسٍ، لما أدخلْتَني إلى بيتِكَ، ولو تعلم أنَّني أعملُ كخادمةٍ في بيتِ عمِّي، لما رضيتَ أن أكونَ زوجتكَ.

ابحثْ عن غيري يا رجل، فلرُبَّما أنتَ في حاجةٍ إلى مَن تقرُّ عينكَ بها، لا أن تزيدَ همَّكَ.

كم تمنَّيتُ أن ألقي بتلك الكلمات عليهِ، ولكن هل أملكُ الشَّجاعةَ لأقولَ ذلك وأنا الَّتي أتصبَّبُ عرقًا في مكاني بالرَّغمِ من أنَّ الجوَّ باردٌ هذا اليوم؟!

أنقذَتْني الأستاذةُ حصَّة مِن الجوابِ حينَ قالَت:

- سآتيكَ بجوابِها إن شاءَ اللهُ يا أخ جاسم، سيصلُكَ جوابُها في رسالةٍ بيدِ ابنتكَ، فإن كانت من نصيبِكَ، فسأعطيكَ عنوانَ أهلِها.

- إن شاءَ الله، سأنتظرُ الجوابَ على أحرِّ من الجمر.

استخرتُ اللهَ، واستشرتُ وسألتُ، ثمَّ أبديتُ مُوافقتي للأستاذةِ حصَّة، مع علمي أنَّ عمِّي لن يفرِّطَ بدجاجتهِ الذَّهبيَّة بأيِّ ثمنٍ.

سَألتُ عن هذا الرَّجلِ، وعرفْتُ عن صلاحِه وتقواه وسمعتِه الطيبة في القريةِ، وأنَّ زوجتَهُ مريضةٌ وفي غيبوبةٍ بمستشفى القريةِ الكبيرةِ منذُ فترةٍ طويلةٍ، وأنَّ ابنتَهُ فاطمة أيضًا مُصابةٌ بتشوُّهٍ خطيرٍ في القَلبِ ولن تعيشَ طويلًا، آهٍ كَم أحزَنني خبرُ مرضِ فاطمة الصَّغيرة! فأنا فعلًا لاحظتُ ذبولَها وتغيُّرَ شكلِها، ولكنّي أرجعْتُ ذلكَ لقلَّةِ الأكلِ، فأمثال هؤلاء الأطفال في هذا العُمر لا يهتمُّون كثيرًا بالطَّعامِ أو بجودتِه، ولكن يبدو أنَّ الأطبَّاءَ عجزوا، وأنَّ القدرَ المحتومَ لا بُدَّ آتٍ.

وفعلًا لم يمهلْها القدرُ كثيرًا، ورحلَت فاطمةُ، وبكيتُ مِن أجلِها؛ فليسَ مِن السَّهلِ على المعلِّمِ أن يشاهدَ طاولةَ تلميذتِه النَّجيبة خاويةً.

رحمَكِ الله يا فاطمةُ، رحلتِ لتغدي طيرًا من طيورِ الجنَّةِ، هنيئًا لكِ.

على غيرِ العَادةِ نادَى عليَّ عمّي وأنا أعملُ في المطبخِ، وكنتُ أنتظرُ ذلكَ، فأنا على عِلمٍ أنَّ الأستاذَ جاسم سيمرُّ عليه وسيُكلِّمُه عنّي خلالَ هذه الأيَّام، وكنتُ أتوقَّعُ أنَّه سيُسمِعُني تلكَ الأسطوانةَ القديمة:

- إنَّه تقدَّمَ إليكِ رجلٌ متزوِّجٌ، وهو طامعٌ في بيتِكِ، ولا يمكنُنا أن نبيعَكِ لهُ.

إلى آخرِ هذهِ الأسطوانةِ الَّتي سمعتُها مرارًا وتكرارًا قبل سنين، ثمَّ اختفَت مع اختفاءِ الخاطبين، ولكن هذهِ المرّة يبدو أنَّ الأسطوانةَ القديمةَ مشروخةٌ، أو رُبَّما مكسورة؛ فقد بدأ عمّي كلامَه من الآخرِ:

- مبارَكٌ، جاءَكِ خاطِبٌ، وستتزوَّجين قريبًا يا صالحة!

"أمُّ قشعم" كانَت جالسةً بجانبه وهي في قمَّةِ السَّعادةِ والسُّرور، يبدو أنَّ هناك طبخةً ما تُطبَخ؛ فلا يُمكنُ أن تتودَّدَ زوجةُ عمّي معي وتبتسم لي إلَّا لأمرٍ خبيث يدورُ في رأسِها وتريدُ أن تصلَ إليه!

ثمَّ قالَ لي عمّي:

- اسمعي يا صالحة، تعلمين أنَّكِ كبرتِ في العُمرِ، وأنا أُريدُ أن أطمئنَّ عليكِ، وخاصَّة أنَّ صبحةَ وملحة قد تزَوَّجَتا، وبقيَ أن أستَرَ عليكِ حتَّى يطمئنَّ قلبي؛ ولقَد تقدَّمَ إليكِ رجلٌ متزوّجٌ، اسمُه جاسم الأديب، وكما تعلمين فأنا حريصٌ ألَّا يتقدَّم إليكِ طامعٌ في بيتِكِ؛ لذا قرَّرتُ أن أوافقَ على هذا الزَّواجِ، ولكن بشرطِ أن تُسجّلي بيتَكِ باسمي؛ لأحفظَه لكِ، حتَّى يتزَوَّجَكِ لشخصِكِ فقط وليسَ لمالكِ، وأنا عن نفسي أرى أنَّه رجلٌ مُناسِب، وخاصَّة أنَّه مديرُ مَدرسةٍ، ولا أعتقدُ أنَّكِ ستجدين أفضلَ منهُ، فما رأيُكِ؟!

- أكيد موافقة، وخاصَّة على البيتِ؛ فلن تجدَ أفضلَ من
عمِّها يُحافِظ على مالِها.

قالَتها زوجةُ عمِّي وهي تقبِّحُ وجهَها القبيحَ أصلًا بابتسامتها
الخبيثةِ.

أجبْتُ باستهزاءٍ:

- نعم، لن أجِدَ أفضلَ من عمِّي يُحافِظ على مالي، هذا
أكيدٌ، فقَد جرَّبْتُه سابقًا، وكانَ خيرَ أمينٍ، ولن أنسى أن
أعطيَكُما مهري أيضًا تحتفظان بهِ، فما رأيكُما؟

إنَّهُ مكافأةٌ منِّي لكُما على جميلِ صنيعِكما معي طوالَ هذهِ
السنين؛ فأنتُما تستحقَّان كُلَّ ذلك.

نَظَرَت إليَّ زوجةُ عمِّي نظرةَ تحدِّي وهي تُتمتِمُ بشتائمَ
ولعناتٍ، ولكن بصوتٍ خفيفٍ لكيلا أسمعَها، فالموقِفُ لا
يحتمِلُ التَّصعيدَ وإفسادَ الصَّفقةِ المُذهلةِ الَّتي هما بصددِها.

بكيتُ في نفسي وأنا أنظر إلى عمِّي وزوجتِه بنظرةِ استحقارٍ
وازدراءٍ، خُذا مالي.. وخُذا كُلَّ ما أملكُ، ولكن أخليا سبيلي،
ودعاني أعيشُ حرَّةً أمتلكُ قراري.

كنتُ في داخلي سعيدةً جدًّا، وأكادُ أن أطيرَ مِن الفَرح،
ولكن إن عَلِمَت زوجةُ عمِّي بفرحَتي أفسدَتِ الأمرَ، فهي لا

50

تريدُني إلَّا كَئِيبةً، وما زوَّجَتني هذا الرَّجلَ إلَّا لظنِّها أنّي لا أُريدُه مُتزوِّجًا، وأنَّها بذلكَ ستزيدُ في تعاستي وحزني.

أخيرًا لاحَت بشائرُ النِّهايةِ السَّعيدةِ لقصَّةِ السَّندريلا "صالحة"، وتزوَّجتُ من جاسم الأديب في حفل بسيط، وذهبَ مهري إلى عمِّي وزوجتِه، وانتقلَت ملكيَّةُ البيتِ إلى عمّي.

تزوَّجتُ من جاسم، فكانَ خيرَ زوجٍ وأنيسٍ، فأحببتُه حبًّا ملكَ عليَّ قلبي ونفسي، أحببتُ كُلَّ شيءٍ فيهِ: طيبتَهُ، روحهُ الأبيَّة، عبادتهُ، قيامهُ للَّيل، صيامهُ، كرمهُ.. كُلَّ شيءٍ فيه، كانَ بحقٍّ نعمَ الرَّجلِ ونعمَ الزَّوجِ، كنتُ معهُ كالطَّيرِ الَّذي يحومُ في أجواءِ الفَرح، أذاقَني ألوانَ السَّعادةِ والفرح، لم يكُنْ رجلًا عاديًا، بل كانَ سيِّدَ الرِّجال.

أحببتُ ابتسامتَهُ الَّتي لا تفارقُه، أحببتُ كلامَه الجميلَ، وهدوءَه الصَّافي، وروعةَ أدبِه، وخلقهِ الحَسن..

أحسستُ أنَّ اللهَ عوَّضَني تلكَ السَّنواتِ العجاف.

مَن قالَ إنَّ الحبَّ لا يأتي بعدَ الزَّواجِ، فليسألني أنا، مَن قالَ إنَّ العشقَ لا يكونُ بينَ الزَّوجين، فلينظرْ في حدقةِ عيني أنا، وليستَمِع إلى قلبي أنا.

لقَد سلبَ عقلي وروحي وقلبي، وأصبحَ هو حياتي وكياني وسلوتي ودنيتي كلّها، لأوَّلِ مرَّةٍ أتمنَّى أن تنتهيَ ساعاتُ العَملِ

سريعًا لكي أعودَ إليهِ، لكي أنظرَ في وجهِهِ وأستمتعَ بعذبِ حديثِهِ.

وازدادَت سعادتي عندَما أخبرتْني الطبيبةُ أنَّني حاملٌ بشهري الثَّاني، أحمدُكَ يا ربِّي على نعمائكَ وفضلكَ.

كم أنتَ لطيفٌ بعبادكَ حين تُنسيهم ما كانُوا فيهِ من بؤسٍ وشقاءٍ، وتُغيِّرها في لحظةٍ!

مرَّت سنةٌ كاملةٌ من زواجي وكأنَّه حلمٌ جميل، أو طيفٌ رائع، نسيتُ فيهِ جميعَ همومي المتراكمة، وآلامي المتجذِّرة، استطعتُ أن أُلملمَ شتاتَ نفسي ثانية، وعادَت إليَّ بهجةُ الدُّنيا مرَّةً أُخرى.

خلالَ هذه الفترةِ ودَّعَ عمِّي الدُّنيا بسكتةٍ قلبيَّة لم تمهْله دقيقةً واحدةً لكي يتوبَ أو يردَّ المظالِمَ إلى أهلِها، واختلفَت عائلتُه من بعدِه على الثَّروةِ الَّتي تركَها، وساءَتِ العلاقةُ جدًّا بينهم، وفاحَت رائحةُ خلافاتِهم.

وابتُلِيَت زوجةُ عمِّي بآلامٍ في ظهرِها وساقِها وذراعِها الأيمن، جعلَها تتنقلُ من مستشفى إلى آخر بحثًا عن العلاجِ، حتَّى أنَّها غادرَت خارجَ الدَّولةِ، وصرفَتِ الكثيرَ من المال، ثمَّ عادَت دونَ أن تبارحَها الآلامُ الشَّديدة، وظلَّت طريحةَ الفراشِ لا تؤنسُها إلَّا الخادمةُ.

وبعدَ حينٍ ازدادَت عليها الآلامُ، وأصبحَت تصرخُ بشدَّةٍ بينَ فترةٍ وأُخرى؛ ممَّا أخافَ الخادمةَ، فهربَت.. ولَم تجدْ صبحةُ بُدًّا مِن نقلِها للسَّكنِ معها في منزلِها، ولكنَّ زوجَ صبحةَ ضاقَ بها ذرعًا بعدَ فترةٍ ولم يحتملْ وجودَها وصراخَها المستمرَّ، ممَّا تسبَّب بكثيرٍ من المشكلات مع صبحة.

أخذَتها صبحةُ ورمَتْها في دارٍ للمُسنّين ليعتنوا بها، وانتهَى بها المقامُ هناك، لا يزورُها أو يهتمُّ لحالِها أحدٌ من أهلِها إلَّا ما ندر.

لم أُسقِط دمعةَ حزنٍ واحدةٍ على عمِّي، ولكنَّني دعوتُ لهُ بالرَّحمةِ والمَغفرةِ، ولم أتشفَّ بزوجتِه ممَّا أصابها، فبرغمَ الجرحِ السَّاكِن في قلبي من أعمالِها الشَّيطانيَّة، إلَّا إنَّ يقيني العظيمَ باللهِ بأنَّ هذا كلَّه كانَ ابتلاءً ليشرحَ صدري ويصبِّرني على تقبُّل مثل هذه المصائب.

وهذا درسٌ لِمَن يظلم ويأكل أموالَ النَّاسِ بالباطل، إنَّه لا بُدَّ أن يقتصَّ اللهُ منهُ عاجِلًا في الدُّنيا، أو آجِلًا في الآخرة.

في هذا الصباح ودَّعني جاسم كعادتِه، وأخذَ يتحسَّس بطني وهو يمزح:

- متى سيخرجُ هذا الدِّيناصور القابع هنا؟!

ضحكتُ قائلة:

- هذِهِ أَيَّامُه يا جاسم، لا تستعجِلْ! فأنا خائفةٌ، لا أدري كيفَ ستكونُ آلام الطَّلقِ والمخاض والولادة؟

- لا تخشَي يا صالحةُ، فالأمرُ كلُّه لحظاتٌ وينتهي كُلُّ شيءٍ، ولا تنسَي الأجرَ العظيمَ للأمَّهاتِ خلالَ هذهِ الأوقاتِ.

- نعم يا جاسم، ولكنَّني رأيتُ رؤيا أفزَعَتْني جدًّا ما زالَت ماثلةً أمامَ عيني برغمِ أنّي تعوَّذتُ باللهِ، ولكن لا أدري، أشعرُ بالقَلقِ الشَّديدِ ينتابُني منذُ أن رأيتُ هذا الحلمَ المزعِجَ!

- يبدو أنَّه كابوسٌ من كوابيسكِ الكثيرة.

- أتمنَّى أن يكون خيرًا يا جاسم، أتمنَّى.

ودَّعتهُ عندَ البابِ وخرجَ، ولم يعُدْ ثانيةً أبدًا.

انتشرَتِ الأخبارُ سريعًا بأنَّ جاسمَ الأديب، مدير مدرسةِ قرية "العون"، انتقلَ إلى جوارِربِّه في حادِثٍ جماعيٍّ كبيرٍ بسببِ الضَّبابِ الكثيفِ هذا الصَّباح، عَلِمَ الجميعُ بالخبرِ إلّا أنا؛ فقريتُنا صغيرةٌ جدًّا، والأخبارُ تنتشرُ فيها كالنَّارِ في الهشيمِ.

كنتُ في مَدرستي ساعتها، ووصلَتِ الأخبارُ تِباعًا من فلانةٍ لفلانة..

تجنَّبَ الجميعُ إخباري، كنتُ ألاحظُ وأقرأُ أمورًا غريبةً في الوجوهِ والعيونِ، ونظراتِ المعلِّماتِ كانَت مختلفةً، وتجمُّعاتٍ هنا وهُناك، أقنعْتُ نفسي بأنِّي واهمةٌ.

في أثناءِ الحصَّةِ الثَّالثةِ استدعَتْني المديرةُ بورقةٍ ليسَت في يدِ العاملةِ هذه المرَّة، ولكن في يدِ مُعلِّمة أُخرى، فقد قالَت لي المعلِّمةُ:

- المديرةُ تريدُكِ لأمرٍ ضروريٍّ، اذهبي يا صالحة، وأنا سأكملُ الحصَّةَ مكانكِ.

تعجَّبْتُ؛ فمديرتُنا كانَت حازمةً في مثلِ هذه الأمورِ، ومِن المستحيلِ أن تتركَ المعلِّمةُ حصَّتَها مهما حصلَ، والاستدعاءُ معناهُ الإخبار فقط، والتَّنفيذ بعدَ الانتهاءِ مِن الحصَّةِ.. هكَذا كانَت تُنبِّهُنا دائمًا!

سألْتُ المعلِّمةَ وأنا قلقةٌ جدًّا:

- ما الأمرُ يا عبير؟!

أجابَت وهي تتجنَّبُ النَّظرَ إلى وجهي:

- لا أعلمُ، فقط المديرةُ تريدُكِ لأمرٍ هامٍّ!

أخذَ قلبي يدقُّ بشدَّةٍ، ويتساءل: ما الأمر؟!

اتَّجهتُ إلى غرفةِ المديرةِ مُسرعةً، وحينَما دخلْتُ الغُرفةَ شعرْتُ بارتياحٍ قليلًا، فقَد وجدْتُ جمعًا غفيرًا مِن المُعلِّماتِ في نفسِ الغُرفةِ، بينهنَّ زميلاتُ مادتي، وعلى رأسهنَّ وضحاء، فقلتُ في نفسي: "لعلَّه اجتماعٌ طارئ".

ولكنَّ الوجوهَ لم تكُنْ تلكَ الوجوهَ البشوشةِ الَّتي رأيْتُها صباحًا، إنَّها وجوهٌ واجمةٌ!

لم يطلِ الأمرُ كثيرًا لأسمعَ خبرَ الكارثةِ الَّتي حلَّت ببيتي وكياني وعشِّي الصَّغير.

ماتَ زوجي جاسم الأديب وتركَ وراءَه زوجةً مكلومةً مُعذَّبةً لم تسعدْ مِن بعدهِ أبدًا.

ماتَ جاسم الأديب، وماتَت معهُ صالحة غانم، صحيحٌ إنَّها في عُرفِ النَّاسِ حيَّةٌ تُرزَق، ولكنَّها في عُرفِ نفسِها، وقلبِها، ومشاعرها، وأحاسيسها، وعواطفها ميتةٌ.

تملَّكَتْني رغبةٌ عارِمة في البكاء، فبكيتُ وبكيتُ.. حتَّى بحَّ صوتي، وسقطتُ مغشيَّةً على وجهي، وغبتُ عن الوَعي، أشفقَ الجميعُ عليَّ وعلى جنيني، فبكوا معي، وعندَما أفقتُ من غيبوبتي كانَ الجميعُ حولي في منزلي، لم يتركوني لعدَّة أيَّامٍ إلَّا بعدَ أن اطمأنُّوا على صحَّتي، كانَ وقوفُهم بجانبي مُخفِّفًا لمصيبتي، وخاصَّة وضحاء زميلتي، فقَد تركَت ابنتَها الكُبرى حمدة تنامُ عندي وتَرعاني عدَّة أيَّام حتَّى أستردَّ أنفاسي.

حمدة فتاةٌ جميلةٌ وذاتُ قلبٍ ملائكيٍّ بريءٍ، انتَهَت من دراسةِ الثَّانوية العامَّة العامَ الماضي، ولم تُكمِل الدِّراسةَ؛ لعدمِ وجودِ جامعة قريبة، فأكثرُ أهلِ القرية يرفضون إرسال

بناتِهم للجَامعة في المُدنِ الكبيرة المكتظَّة بالسكَّانِ؛ لذا من النادر أن تجدَ فتياتِ القُرى من الجامعيَّاتِ رغم ذكائهنَّ وحماسهنَّ وفراغهن!

حمدة فتاةٌ ذكيَّة ومؤدَّبة، ارتحتُ لها، وأحببتُ وجودَها، وخاصَّة أنَّ منزلهم مجاورٌ لمنزلنا، كانَت تُؤنِس وحدتي، وكلَّما كنتُ أشعرُ برغبةٍ مُلحَّة في البكاء، كانت تتركُني أبكي، وتقول:

- ابكي يا خالة، فالبكاءُ يُريح القلبَ والجسد، ابكي بكاءَ الصَّابرين على البلاء، وليسَ بكاءَ المتذمِّرين.

وبينَ الحينِ والآخرِ كانَت تُصبِّرُني وتقول:

- إن شاءَ اللهُ سيعوِّضُك اللهُ خيرًا، وسيملأُ عليكِ مولودُك حياتَكِ ثانية.

- أتمنَّى ذلك يا حمدة، وسأُسمِّيه ماجدة إن كانَ أنثى؛ إكرامًا لصديقةٍ عزيزةٍ عليَّ، أو جاسم إن كان ذكرًا.

وتقاطَرت دمعاتٌ من عيني وأنا أتذكَّرُ الزَّوجَ الحبيب، وصديقةَ العُمر ماجدة، فما زلتُ أحملُ ذكرياتٍ جميلةً في قلبي، رحمَها الله وأسكنَها فسيحَ جنَّاته.

في قريتِنا الصَّغيرة لا توجدُ إلَّا عيادةٌ صغيرةٌ للحالات المَرضيَّة البسيطة، ومستشفى الولادةِ يبعدُ عنَّا خمسين كيلو مترًا في القريةِ الكبيرة؛ لذا طارَت بي وضحاءُ وزوجُها إلى هناكَ

حينَ داهَمَتْني آلامُ المخاضِ عندَ فجرِ الجمعة، فأرسلتُ حمدةَ فورًا لِتُخبِرَها، وقامَت بالواجبِ وجاءَت والدتُها سريعًا، وتأكَّدَت أنَّها فعلًا آلامُ المخاضِ، فكُنَّا خلالَ ساعةٍ في المستشفى، وكنْتُ خائفةً جدًّا، نعم، خائفة من كُلِّ شيء.

تمَّتِ الولادةُ بحمدِ اللهِ وفضلِه، وكانَت تجربةً قاسيةً، ولكنَّها في النهايةِ سعيدة.

قالَتِ الممرِّضةُ لمَّا رأتني أنظرُ إليها، وقد عرفَت أنَّني كنتُ أنتظرُ الإجابةَ: "ولدٌ يا مدام"..

سأُسمِّيه جاسم، نعم جاسم الصَّغير، جاسم الأديب ذلك الرَّجل الَّذي امتلكَ كياني لمدَّةِ سنةٍ ثمَّ رحلَ، فليظلَّ اسمهُ باقيًا مع صغيرِه الَّذي لَم يرَهُ، آهِ يا جاسم الصَّغير، ستعيشُ يتيمَ الأبِ، ولكنَّني لن أجعلَكَ بإذنِ اللهِ تحتاجُ إلى أحدٍ، سأعوِّض حرماني وبُؤسي فيكَ أنتَ، وستكون عوني وسندي، ستكون أبي وأمّي وأخي، وكلّ شيءٍ في حياتي..

وسأكونُ لكَ الأمَّ والأبَ والأخَ والصَّديق، ولكنَّني حتمًا لن أكونَ في حجمٍ ومقام أبيكَ – رحمَه الله – لقَد كانَ رجلًا كبيرًا وعظيمًا وشامخًا.

أخذَتني نوبةُ بكاءٍ حينَ تذكَّرتُه، فمَن لا يبكيكَ يا أيُّها الحبيب جاسم حينَ يذكرُكَ؟!

مضى يومٌ كامِل وأنا لَم أرَ طفلي منذُ أن ولدْتُه، وكُلَّما سألتُهم يخبرونني أنَّهم يجرون بعضَ التَّحاليل، صحتُ في وجهِ الممرِّضةِ:

- ولماذا التَّحاليل؟!

- اسألي الطَّبيبة يا مدام، أنا لا أعرفُ!

سألتُ وضحاء:

- هل هذه الإجراءاتُ طبيعيَّة يا وضحاء؟!

- لا أعتقدُ يا أُخيَّة، الَّذي نعرفُه إنَّهم يسلِّمون الطفلَ لأمِّه بعدَ ساعتَين لتُرضعهُ.

وقعَ كلامُ وضحاء عليَّ كالصَّاعقة، ساعتين فقط، وأنا ها قد مضى اليوم كلُّه ولم أرَه.

- هناك أمرٌ مُريبٌ وغريبٌ يا وضحاء، أرجو أن تَستدعي لي الطبيبةَ من فضلِكِ.

- إن شاءَ الله، سأَستدعيها حالًا إن كانَت موجودةً.

رجعَت وضحاء بغيرِ الوجهِ الَّذي ذهبَت بهِ، رجعَت مُرتبكةً؛ فازدادَ قلقي، وشعرْتُ أنَّ أنفاسي ستتجمَّد من القلقِ، فصِحْتُ بها:

- أسألُكِ باللهِ يا وضحاء أن تخبريني ما الأمرُ؟!

- المولودُ يا أُخيَّة!

- ما بهِ؟!

احتضَنَتْني وضحاء وهي تبكي بشدَّةٍ وتقولُ:

- لقَد وُلِدَ الطفلُ مشلولًا يا أُخيّة، آجرِكِ اللهُ في مُصيبتكِ وصبرِكِ.

لا أدري لماذا لم أُحرِّك ساكنًا؟ لم تسقطْ منّي حتَّى دمعة واحدةً، بل رِدَّدتُ: الحمدُ للهِ، الحمدُ للهِ، الحمدُ للهِ، الحمدُ للهِ، الحمدُ للهِ... حتَّى إنَّ وضحاء تعجَّبَت، وظنَّت أنَّه رُبَّما مسَّني السُّوءُ أو مسَّني الجنونُ أو أنَّ عقلي قد طارَ منّي.

لا أدري من أينَ أُوتيت تلك القوَّة العجيبة فجأةً؟ هل مِن كثرةِ الجروحِ والآلامِ؟! أم مِن اعتيادي على الابتلاءاتِ؟! أم إنَّ مخزونَ حزني ودموعي انتهى مع آخرِ كارثةٍ، والَّتي كانَت قبلَ فترةٍ وجيزةٍ عندَ فقداني زوجي الغالي؟!

لقد شعرتُ فجأةً أنَّني المقصودةُ بالصَّبرِ، مقصودة بأن أنجحَ في الاختباراتِ والابتلاءاتِ المتتاليَّةِ، أليسَت سلعةُ اللهِ غاليةً؟! فلأستعدَّ لها.

لهذا خُلِقتُ، ولهذا يجبُ أن أنجحَ، وكما قالَ زوجي الرَّاحلُ عندَما كُنَّا نزورُ زوجته المريضةَ في نفسِ هذا المستشفى

أسبوعيًّا، وذلكَ عندَما أشرتُ لهُ أنَّها ليسَت في وَعيها لتدركَ زياراته المتكرِّرة لها، أتذكَّرهُ جيدًا عندما قال:

- هذه الزَّوجةُ أمانةٌ لديَّ يا صالحة، ويجبُ أن أنجحَ في حفظِ هذه الأمانة حتَّى أُسلِّمَها إلى خالقِها، هي لا تعي ولا تعلمُ عنِّي، ولكنِّي أنا أعلمُ أنَّها زوجتي وأمانتي!

وها هي أمانتي سُلِّمَت إليَّ، إنَّه هذا الطِّفلُ جميلُ الوجهِ، ولكنَّه مشلولٌ شللًا رُباعيًّا، أي لا يستطيعُ إلَّا تحريك رأسِه، وزيادة على ذلكَ هناكَ خمولٌ أو ضمورٌ في المخِّ، ممَّا يجعلُه لا ينمو بشكلٍ جيِّد، ولا يتكلَّم أو يفهم أو يتعلَّم.

إنَّها فعلًا أمانةٌ، ويا لَها من أمانةٍ عظيمة!

هل أستطيعُ أن أحافِظَ على هذه الأمانة؟

ربِّي إنِّي أسألكَ أن تعينَني على حُسنِ حملِ هذه الأمانةِ، اللهمَّ أعنِّي على ذكرِكَ وشُكرِكَ، وحُسنِ عبادتكَ، وحُسنِ أداءِ هذه الأمانة على أكملِ وجهٍ، اللهمَّ لقَد ارتضيْتُ هذا الابتلاءِ، وأنا بحولِك وقوَّتكَ من الصَّابرين الشَّاكرين الذَّاكرين.

لقَد وضعَني ربِّي أمامَ اختبارٍ صعبٍ للغاية، وأنا لها بإذنِ اللهِ تعالى، سيكونُ جاسم الصَّغير تحتَ رعايتي وعنايتي، وإن تطلَّبَ الأمرُ أن أتركَ عملي، صحيحٌ أنَّ ليسَ لديَّ مصدرُ رزقٍ آخر، ولكن ماذا أفعل؟! هو يحتاجُ إلى عنايةٍ فائقةٍ في نظامٍ

الأكلِ ونوعيَّتِهِ وتوقيتِهِ، ويحتاجُ إلى النَّظافةِ المستمرَّةِ، وإلى التحريكِ المستمرِّ، والتَّقليب ليلَ نهارٍ؛ فلا يمكنُ للخَادمة أن تقومَ بذلك في غيابي.

كانَ قرارًا صعبًا على نفسي أن أتركَ التَّدريسَ، وأترك العمل الَّذي أحببتُه، هذا العملُ الَّذي كانَ سببًا في زواجي من رجلٍ قلَّ مثيلهُ، ولكن ماذا أفعل؟ فالأمانة ثقيلةٌ، ويجبُ أن أؤدِّيها على أكملِ وجهٍ.

تدخَّلَ الكثيرون لثنيي عَن تركِ العَمل، وفعلًا استأنفْتُ عملي من جديد، وحجَّتهم أنَّني سأحتاجُ إلى ما يُعينُني ويعينُه على الحياةِ؛ فهو سيحتاجُ إلى اللباسِ والحليبِ والطَّعام والفراش.. وغير ذلك من مستلزماتِ الحياة، ولكن بعدَ فترةٍ قصيرةٍ تركْتُ العملَ نهائيًا وأنا مُقتنعةٌ كُلَّ الاقتناعِ أنَّ هذا هو الأمرُ الصَّحيحُ الَّذي يجبُ عليَّ أن أسلكَهُ لأداءِ هذهِ الأمانةِ كاملةً.

كانَ عُمري يومَها خمسًا وثلاثين سنةً، ولكن مَن يرى الشَّيبَ الَّذي بدأ يغزو رأسي يظنُّ أنِّي أكبرُ من هذا بعشرين سنةً.

تركْتُ العملَ وحافظْتُ بشكلٍ جيدٍ على المبالغِ الَّتي لديَّ من إرثي من زوجي – رحمَه الله – ومِن مبلغ نهايةِ الخدمةِ الَّذي

حصلتُ عليهِ، مع المبلغ الشهريّ الَّذي كنتُ أحصلُ عليهِ من الدَّولةِ كوني أرملةً وأُعيلُ طفلًا مُعاقًا، وهذا كلُّهُ ساعدَني بألَّا أحتاجَ لأحدٍ طيلةَ عشرِ سنواتٍ كاملة، ولكن بعدَها بدأتِ الأمورُ تسوءُ.

ها هو جاسم وقد بلغَ عشرَ سنواتٍ وما زالَ هوَ هوَ، يبدو أصغرَ من عمرِهِ بكثير، يبدو كأنَّهُ طفلٌ صغيرٌ؛ فضمورُ عقلِه لا يجعلُه ينمو بشكلٍ طبيعيٍّ، ويبدو أقلَّ من عمرِه بكثير، وهذا ما كانَ يساعدُني كثيرًا على حملِه، وتغسيلِه وتقليبِه، فسبحانَ اللهِ الَّذي لا تُعدُّ نعمهُ ولا تحصى!

عشرُ سنواتٍ مضَت، وتقدَّمَ إليَّ خُطَّابٌ كثيرون من قريتنا، وكانَ بعضُهم يريدُ مُساعدَتي وإعانتي بهذا الزَّواجِ، ولكنّي رفضْتُهم جميعًا، فأنا لن أفيدهم كزوجةٍ، فلقد سخَّرْتُ كُلَّ وقتي ومَشاعري وعواطفي لهذهِ الأمانةِ الَّتي أعطاني إيَّاها ربّي، وكنتُ حتمًا سأفشلُ كزوجةٍ، لهذا آثرتُ ألَّا أُجرِّبَ، وألَّا أخوضَ التَّجربةَ، فليظلَّ جاسم الأديب ذلك الرّجل هو الوحيدُ المتربِّعُ على عرشِ قلبي حتَّى المماتِ، ولِيَجمعني اللهُ به في جنَّةِ الفردوس الأعلى.

تمضي السنون وليسَ لي نافذة على هذا العالَمِ إلَّا من خلالِ حمدةَ الَّتي تزوَّجَت وسكنَتْ في القريةِ بقربنا، في حين إنَّ

والدِيها انتقلَا إلى المدينةِ بعدَ أن رُشِّحَ والدُها لعملٍ رسميٍّ للدَّولةِ.

وكم أحزَنَني ابتعادُ صديقتي وزميلتي وجارتي وضحاء، فقَد كانَت بينَ الحينِ والآخر تتعاهدني بالسّؤالِ، وكثيرًا ما كان زوجُها يقضي لي بعضَ احتياجاتي من السّوقِ، وحاليًا أوكَلَتْ هذا الأمرَ لزوجِ حمدة، فجزاهُم اللهُ عنّي خيرَ الجَزاءِ.

كانَت أصعب الأيّامِ الَّتي تمرُّ عليَّ هي الأيّامُ الَّتي ينتابُ جاسم مرضٌ ما، وأكثرما كانَ يتعبُني هو إصابتهُ بالصّرعِ بين الحين والآخرِ؛ فقَد كانَ حملهُ إلى العيادةِ في قريتِنا يتطلَّبُ جهدًا عظيمًا، ناهيكَ إن تطلَّبَ الأمرُ إجراءَ فحوصاتٍ لا يمكنُ إجراؤها إلَّا في مستشفى المدينة.. فقد كانَ ذهابي وعودتي قمَّة المأساةِ والمُعاناةِ، وخاصَّة في فصولِ الصّيفِ الحارَّةِ، ولكن ما عسايَ أن أفعلَ وأنا المرأةُ الضّعيفةُ الَّتي لا عائل لها ولا أقرباء؟!

كنتُ أُفضِّلُ الاتِّصالَ بطبيبِ عيادة القريةِ، وأحيانًا بالممرّضين للحضورِ إلى المنزلِ، وكانَ حضورهم مُقيَّدًا على أمزجتِهم، فأحيانًا يفيدُ الإلحاحُ والاستعطاف، وأحيانًا أُردُّ خائبةً. ولكنّي لم أكُنْ لأتركَ بابًا إلَّا وأطرقهُ في سبيلِ المحافَظةِ على صحَّةِ ولَدي.

كنتُ كثيرًا ما أُسلِّي نفسي وأحادثهُ، وأتكلَّم معهُ، وأقرأُ القرآنَ عليهِ، وأغنِّي لهُ، ولا أدري هل هو يستمعُ لي أم لا؟ فنظرُه دائمًا مُتَّجهٌ إلى سقفِ الغُرفةِ، وهو راقدٌ على ظهرِه، ولكنِّي كنتُ أُسلِّي نفسي بذلكَ، فليسَ لي في هذا المنزلِ إلَّا الجدران الأربعة وهو.

وكمَ كنتُ أُسعَد بزياراتِ حمدة، والَّتي قَلَّت عن ذي قبل بسببِ أطفالِها الصِّغار، ولكنَّها كانَت باقيةً على العَهد، لا تألو جَهدًا في تقديمِ أيِّ خدمةٍ أطلبُها.

كم ليلةٍ بتُّ فيها جائعةً لأوفِّر لقمةَ الطَّعامِ لابني، وكم مرَّت علينا الأيَّامُ واللَّيالي والكهرباءُ مَقطوعة بسببِ عَدمِ دفعي للفاتورة، قبلَ أن يسدِّدُها فاعلُ خيرٍ من دونِ أن أعلمَ، أو أنتظرَ بداية الشَّهرِ لأدفعَها.

وكم جلستُ أمامَ سريرِ جاسِم لكي أُحرِّكَ لهُ قطعةَ الكرتون حتَّى أُوفِّر لهُ الهواءَ ليستبردَ، وأبعدَ عنهُ العرق في ظلِّ انقطاعِ الكهرباءِ والحرِّ الشَّديد.

سنواتٌ كثيرةٌ مرَّت.. بمرِّها وشقائها، اللَّيلُ كالنَّهار، والنَّهار كاللَّيل.. لا فرقَ لديَّ.

بدأتِ الشيخوخةُ تنسابُ إلى عروقي وتتسرَّبُ إلى ضلوعِي، فلم أَعُد أُبصِرُ جيدًا، وتسلَّلَتِ الآلامُ إلى جسدِي الضَّعيف

المتهالِك، وتسابقَتِ الأمراضُ والعِللُ المُزمِنةُ تأخذُ مكانَها الطَّبيعيّ في جسدِ عجوزٍ بلغَتِ السَّبعين من العُمرِ، وها هو ظهري قد تقوَّسَ وأصبحتُ أمشي بمساعدةِ عكَّاز، وجاسم قابعٌ في مكانِه، كما هو يكبرُ ببطءٍ، لقَد أصبحَ رجلا كبيرًا في عمر الخامسة والثلاثين، ولكنَّهُ لا زالَ صغيرَ العَظمِ والحَجمِ، ما زالَ ينظرُ إلى السَّماءِ، وأحيانًا ينظرُ إليَّ فأفرح بذلكَ وأسعَد، فلا أنيسٌ ولا ونيسٌ إلَّا هو، أشكو إليهِ حالي، وأبثُّ لهُ شكوتي، وأبكي لهُ وعليهِ.

كنتُ دائمَةَ التَّفكيرِ في مآلهِ؛ ماذا سيفعلُ إنْ مِتُّ وتركتهُ في هذا البيتِ وحدِه؟!

ماذا سيكونُ حاله إن متُّ ولم يعلمِ الجيرانُ عنّي إلَّا بعدَ أن تفوحَ رائحتي؟!

ماذا سيفعلُ مِن بعدي؟ ومن سيعتني بهِ؟ وفي أيِّ مستشفىً سيُرمَى؟ وهل سيشعرُ بفقدِي أم لا؟! هل سيتألَّمُ وسيحزنُ؟

يا ألله، كم هي الأسئلةُ الَّتي تُلاحقني ليلَ نهارَ ولا أجدُ لها جوابًا! فأنا لا تزورني إلَّا حمدة بين حينٍ وآخر، وحمدة مُختفيةٌ منذُ مدَّة، فلرُبَّما ذهبَت إلى المدينةِ عندَ إخوتها.

أناسٌ كثيرون أعرفُهم ودَّعوا الدُّنيا، منهم سلطانة، زوجة عمّي الَّتي ترحَّمْتُ عليها عندَما أخبروني بوفاتِها.

تغيَّرَتِ الدُّنيا من حولي، أصبحَت قريتُنا أكبرَ، كما تقولُ حمدة، ولكنَّ منزلي هو هو، باقٍ على عهدِه، رُبَّما قد يصلحُ ما لديَّ من أدواتٍ للمتحفِ التُّراثي.

نصبتُ سريري بجانبِ سريرِ جاسم، فلَم أَعُد أستطيعُ خدمتهُ كما كنْتُ، ولا أدري كم بلغْتُ من العُمرِ، ولكنَّ الَّذي أعرفُه أنَّني الآن فوقَ السَّبعين بسنواتٍ قليلة، وهذه مُذكَّراتي، كتبتُ أهمَّ مُنعطفاتِ حياتي فيها، فلرُبَّما تفيدُ أحدًا يومًا ما، ورُبَّما تُصادِفُ قلبًا مهمومًا فيتعزَّى بهمومي، ورُبَّما يقرؤها صاحبُ همٍّ فيُجبَر همَّه بمصائبِ غيرِه.

أنا أعلمُ أنَّ في الحياةِ أشقياءَ أكثرَ منّي، ورُبَّما ما أصابَني قطرةٌ في بحرِ شقاءِ الآخرين، ولكن هذه مُذكَّراتي سلوةٌ لكُلَّ مهمومٍ وشقيٍّ وصاحبِ كربٍ.

وضعتُها هنا بجانبي، فلا أدري اليوم أو غدًا أو بعدَه سأفارقُ الدَّنيا، فإنَّ المرضَ أقعدَني في أيَّامي الأخيرة، وما أظنُّه إلَّا المرضَ الأخيرَ في سلسلةٍ طويلةٍ من الآلامِ والأمراض والهموم، ومَع هذا فكُلُّ همّي وتفكيري في هذا المسكينِ القَابع بجانبي،

أتمنَّى إن مِتُّ أن يهتمَّ بهِ أحدٌ من المسلمين ما دامَ قلبهُ نابضًا بالحياةِ.

لقَد عاتبني ولامني الكثيرون على أنَّني أضعْتُ حياتي مع طفلٍ لم يُمثِّل لي في الحياةِ شيئًا.. طفلٍ كانَ في الإمكانِ التخلُّصُ منهُ في إحدى المستشفيات، وأن أعيشَ حياتي من جديد.

هأنا اليوم على فراشِ الموتِ، أقولُ وبكُلِّ فخرٍ:

لا.. ما ضاعَ عُمري، لا.. ما ضاعَ عُمري، ما ضاعَ عُمري، ولا ضاعَت ساعةٌ مِن حياتي، إنِّي اليوم أشعرُ أنَّ هذا الطِّفلَ كانَ أكبرَ مكسبٍ لي في حياتي، وأعظمَ غنيمة، وأكبرَ هديَّة مِن الله.

اليوم أستشعرُ أنَّ تلك الآلامَ والابتلاءاتِ القديمة السَّابقة منذُ بدايةِ تعذيبي على يدِ زوجةِ عمّي – غفرَ اللهُ لها إلى مَماتِ المحبِّين لي – وصولًا إلى صعوباتِ الحياةِ المُتتاليةِ، ما كانَت إلَّا دروسًا وتقويةً لي للأعظمِ القَادم، ألا وهو الصَّبر والمجاهدة آناء اللَّيلِ، وأطراف النَّهارِ، وفي الأسحارِ.. على هذا المُعاقِ ورعايتهُ والصَّبر عليه.

ويا لَها من غنيمةٍ أسألُ اللهَ إنِّي نجحتُ في الحصولِ عليها! فيَا مَن لا تراه العيون، ولا تخالطهُ الظُّنون، ولا يصفهُ الواصفون، ولا تُغيِّره الحوادث، ولا يخشى الدَّوائرَ، يا مَن يعلمُ

مثاقيلَ الجبالِ، ومكاييلَ البحارِ، وعددَ قطراتِ الأمطارِ، وعددَ ورقِ الأشجارِ، وعددَ ما أظلمَ عليهِ اللَّيلُ، وأشرقَ عليه النَّهار.

يا مَن أظهرَ الجميلَ، وسترَ القبيحَ، ولا يؤاخذ بالجريرة، ولا يهتكَ السِّترَ.

يا عظيمَ العفوِ، يا حسنَ التَّجاوز، يا واسعَ المغفرةِ، يا باسطَ اليدين بالرَّحمةِ، يا باسطَ اليدين بالعطايا، يا سميعَ كُلَّ نجوى، يا منتهي كُلَّ شكوى، يا كريمَ الصَّفحِ، يا عظيمَ المنِّ، يا مقيلَ العثراتِ..

إنّي أستغفرُكَ لكُلِّ ذنبٍ خطوتُ إليهِ برجلي، أو مددتُ إليهِ يدي، أو تأمَّلتُه ببصري، أو أصغيتُ إليهِ بأُذني، أو نطقَ به لساني، أستغفرُكَ من كُلِّ سيّئةٍ ارتكبتُها في بياضِ النَّهارِ، أو سوادِ اللَّيل، في ملإٍ أو خلاءٍ، في سرٍّ أو علانيةٍ، وأنتَ ناظرٌ إليَّ وساترٌ ما أنا عليه.

اللهمَّ إنّي أستغفركَ مِن كُلِّ فريضةٍ أوجبتَها عليَّ في آناء اللَّيل وأطراف النَّهار وتركتُها خطأً، أو عمدًا، أو نسيانًا، أو جهلًا.

وأستغفركَ مِن كُلِّ سنّةٍ من سُننِ سيد المُرسَلين وخاتَم النَّبيين سيّدنا محمَّد – صلَّى اللهُ عليهِ وسلَّم – تركتُها غفلةً، أو سهوًا، أو نسيانًا، أو تهاونًا، أو جهلًا، أو قلَّة مُبالاة بها، أستغفركَ ربّي وأتوبُ إليكَ.

اللهمَّ هذا ابني الَّذي استودعْتَه عندِي أمانة، فإنَّني مِن أجلِ عفوكَ ومغفرتكَ وجميل إحسانكَ وفضلكَ أدَّيتُ الأمانةَ، مع اعترافي بتقصيري فيها، فتقبَّل منّي ما بذلتُ مِن جهدِ المقلِّ، واجعلْهُ خالصًا لوجهكَ الكَريم، وثقِّل بهِ موازيني يومَ العَرضِ عليكَ.

اللهمَّ وها هي أمانتُك أردُّها إليكَ، وأنتَ أعلمُ بما وصلَ إليهِ حالي، فاجعلْهُ من أهلِ لطفكَ، وأكرمْهُ بعطفِكَ، وارحمْهُ برحمتِكَ، وأنتَ خيرُ الحَافظين.

وهذا آخرُ عمري، فاجعلْهُ خيرَ أيَّامي، واختمْ لي على خير، وأحسن اللهمَّ خاتمتي، وتوَفَّني وأنتَ راضٍ عنّي، لا إلهَ إلَّا أنتَ سبحانكَ، إنّي كنتُ من الظَّالمين.

كتبتُ ما سبقَ، ولن أكتبَ المزيدَ، وسأتوقَّفُ ها هُنا؛ فلا جديد يُذكَر، ولا أحداث تستحقُّ الذِّكرَ، وأسألُ اللهَ حُسنَ الخاتمةِ.

سبحانكَ اللهمَّ وبحمدِكَ أشهدُ أن لا إلهَ إلَّا أنتَ أستغفركَ وأتوبُ إليكَ.

النهاية... صالحة بنت غانم السَّاكت.

ماتَت صالحة بنتُ غانم في تلكَ اللَّيلةِ مع آخرِ ورقةٍ من مُذكَّراتِها المؤرَّخة، ولحُسنِ الحظِّ إنَّ حمدة زارتَها في صباح

اليومِ التَّالي، وعلَمِتَ بوفاةِ صالحة – رحمَها الله – وأخبرَتْ زوجَها ليقومَ باللَّازمِ مع رجالِ القَريةِ، ورجعَت لتعتني بجاسم الَّذي كانَت صِحَّتهُ جيدة.

تمَّ دفنُ المرأةِ الصَّالحة - صالحة بنت غانم السَّاكت بعدَ أن صلَّى عليها جموعٌ غفيرة من أهلِ قريةِ "طيبة".

ورجعَ أهلُ القَريةِ وهم يتشاورون ماذا يفعلون مع ذلكَ المسكين جاسم، فلا مستشفى في هذهِ القَرية، ولا دور للرِّعايةِ الاجتماعيَّةِ؟! احتارُوا في أمرِه، وعَظُمَت حيرتِهم.

لكنَّ جاسم لم يتركْ لهم فرصةَ التَّفكيرِ، فمِن لُطفِ اللهِ بهِ أن ودَّعَ الدُّنيا بعدَ ساعاتٍ فقَط مِن دفنِ والدتِه، وكأنَّهُ كانَ ينتظرُ وفاتَها لكيلا يتركَها وحيدةً في بيتٍ مُوحش.

وصلَتِ الأخبارُ لأهلِ القريةِ بأنَّه قَد فارقَ الحياةَ قبلَ لحظاتٍ، إذ إنَّهُ رحلَ بعدَ والدتِه بساعاتٍ قليلةٍ، فرجعَ أهلُ القرية ثانيةً ليصلُّوا عليهِ، ويدفنوه بجانبِ قبرِ والدتِه، وهُم يبكون على أعظمِ امرأةٍ صادفَتْها قريتُهم تضحيةً، وحفظًا للأمانةِ، ووفاءً للزَّوج.

لقَد ماتَت صالحةُ وحفِظَتِ الأمانةَ بحقٍّ، لقَد عرفَت كيفَ تتقرَّبُ إلى اللهِ بمِحَنِها وابتلاءاتِها، وعلِمَت أنَّ هذهِ الدُّنيا ليسَت

هي النِّهاية، وأنَّ الجنَّةَ تتطلَّبُ التَّضحيةَ والفِداءَ والعملَ الصَّالحَ، فبذلَت ما كانَت تملكُ مِن وقتِها وجسدِها لذلكَ، ونسألُ اللهَ سبحانهُ وتَعالى لها القبول.

- تمَّت